L'HERITAGE DES RENVERS

Delphine et le piège infernal

FLEURUS

Illustration de couverture : Raphaël Gauthey

Direction : Guillaume Arnaud, Guillaume Pô

Direction éditoriale : Sarah Malherbe

Édition : Claire Renaud

Conception graphique : Cédric Ramadier

Mise en pages : Text'Oh !

Fabrication : Thierry Dubus, Sabine Marioni

Site : www.fleuruseditions.com

ISBN : 978-2-2151-6732-1

Code MDS : 592 898

« Loi n° 49-956 du 16 juillet 1949 sur les publications destinées à la jeunesse. »

L'HÉRITAGE DES RENVERS

Delphine et le piège infernal

Isabelle Fabula

FLEURUS

À ma famille,
avec toute mon affection.

Chapitre 1
Delphine de Renvers

Le 27 septembre 1611, Delphine de Renvers fêtait ses dix ans. Ce matin-là, elle ne fut pas autorisée à s'habiller de la première robe de coton venue et à chausser ses habituels sabots crottés. En ce jour exceptionnel, elle devait tenir son rang. Son père, le comte Hervé, prévoyait une grande fête, et beaucoup d'invités avaient été conviés pour l'occasion. Que n'aurait-on dit en voyant la vicomtesse de Renvers accoutrée comme une sauvageonne.

– Vite, vite, vite ! Mirabelle, s'impatienta Delphine devant le miroir de sa coiffeuse. Père m'a promis un cadeau au-delà de mes espérances les plus folles !

Mirabelle était la servante de Delphine. C'était une femme grande et forte qui aurait pu battre n'importe quel homme au bras de fer… et il fallait bien ça pour maintenir Delphine sur son tabouret.

– Vos « espérances les plus folles »… Eh bien cela promet en effet, soupira-t-elle en essayant de donner un semblant d'élégance aux longs cheveux châtains et désordonnés de Delphine.

– N'est-ce pas ? répondit joyeusement cette dernière sans saisir l'allusion. Oh, dois-je réellement me déguiser en poupée de porcelaine ? C'est si inconfortable !

– Nous ne voulons pas faire honte à monsieur le comte, répliqua Mirabelle. Et c'est une manière d'honorer nos invités.

Elle parlait souvent comme si elle faisait partie de la famille. Il faut dire qu'elle avait élevé Delphine depuis la mort de sa mère la comtesse Eloïse, cinq ans plus tôt, et qu'elle la considérait un peu comme sa fille. Elle en avait une bien à elle cependant, qui répondait au nom de Fauvette et qui allait sur ses onze ans. Plus âgée de presque une année, celle-ci apprenait beaucoup de choses à Delphine. On les prenait souvent pour deux sœurs car elles jouaient toujours ensemble. Comme Delphine préférait les solides robes paysannes et les sabots qui permettaient de courir les champs et de grimper aux arbres, il était difficile de reconnaître la vicomtesse quand on la croisait dans les environs. Il n'était pas rare que même les habitants des villages alentour la confondent avec Fauvette. De plus, Delphine était aussi grande que son amie et elles avaient la même chevelure ébouriffée, bien qu'au château Fauvette dût dissimuler la sienne sous un bonnet blanc.

Assise sans façon sur le lit de Delphine, elle observait tous ces préparatifs d'un œil émerveillé.

– C'est terminé ? demanda Delphine en se trémoussant dangereusement.

– Presque, la rassura Mirabelle. Mais il manque l'essentiel. Fauvette, la goutte de sang s'il te plaît.

Fauvette sauta sur la table de chevet, sur laquelle était posé un rubis de l'eau la plus pure serti dans un médaillon d'or finement ciselé. Le médaillon était accroché à une chaîne du même métal précieux. Fauvette prit le fabuleux bijou aussi délicatement que possible et le donna à sa mère avec solennité.

– Comme madame la comtesse serait fière de voir sa fille ainsi vêtue et parée de son plus beau joyau ! dit Mirabelle en raccrochant au cou de Delphine la goutte de sang, qu'elle avait dû lui ôter afin de réaliser sa coiffure.

Delphine portait ce bijou tous les jours, et c'était un peu comme si sa maman ne la quittait jamais, mais d'ordinaire le beau rubis disparaissait sous son col de coton grossier. Ce jour-là, en le voyant dans la glace, elle comprit ce que Mirabelle voulait dire. Il y eut un instant de profond silence, puis Delphine se leva pour aller se mirer dans son grand miroir sur pied.

– Oh, que tu es belle ! s'écria Fauvette en battant des mains. On dirait une princesse de la cour.

Delphine avait du mal à se reconnaître dans cette jeune fille aux cheveux propres rassemblés en boucles au-dessus de ses oreilles, et dans cette longue robe de soie bordeaux agrémentée de fines dentelles. Elle avait même de jolies bottines vernies et une cape qui glissait sur le sol.

– Je vais dégringoler les escaliers comme une barrique si j'essaye de marcher avec tout ce tissu sur le dos.

– Il me tarde d'assister à ça, déclara Fauvette en éclatant de rire.

– Je vous interdis bien de dégringoler les escaliers, mademoiselle, gronda Mirabelle. Quant à toi, Fauvette, tu n'assisteras à rien du tout. Une servante au milieu des duchesses et des barons, a-t-on jamais entendu pareille sornette ! Va plutôt chercher des œufs au poulailler, tu sais comme monsieur le comte aime à manger son œuf du jour à la coque tous les matins. Allez, file !

La joie de Fauvette retomba d'un coup. Traînant les sabots, elle s'éloigna en reniflant dans son tablier.

– Pour te consoler, je te donnerai cette robe sitôt les invités partis, lui lança Delphine. Elle t'ira à ravir, nous sommes de la même taille.

– Pour sûr que les vaches se sentiront honorées quand tu iras les traire ! ajouta Mirabelle ses poings de marin sur ses hanches volumineuses.

– Ce n'est pas très charitable de te montrer si cruelle avec ta fille, Mirabelle, fit remarquer Delphine une fois Fauvette partie.

– Ce l'est encore moins de la traiter comme votre égale, mademoiselle, répliqua Mirabelle. Vous allez faire votre entrée dans le grand monde aujourd'hui, tandis que ma petite Fauvette recoudra vos habits déchirés. Vous portez des rubis quand elle doit se contenter de colliers de paille. Lui mettre en tête qu'elle vêtira un jour robes et bijoux de princesse, voilà qui est cruel. Il est grand temps que chacun prenne sa vraie place dans cette maison.

Delphine descendit les escaliers avec une grande prudence et entra dans la salle à manger où le comte Hervé était déjà assis à table.

Le comte de Renvers était grand et brun. Son visage respirait la franchise. Une lueur un peu mélancolique adoucissait ses yeux noirs sous des sourcils volontaires. Outre son château, il possédait toutes les terres alentour, et le village voisin portait son nom. Tout le monde l'appréciait dans la région car c'était un seigneur bon et généreux. Sa réputation d'homme de bien et de bonne lignée n'était plus à faire. Il lui arrivait quelquefois d'accueillir sur ses terres un paysan fuyant un méchant maître. Si le fuyard était de bonne foi, le comte de Renvers lui donnait alors une chaumière pour sa famille et un bout de terre à cultiver.

Delphine s'installa devant un solide déjeuner. Du pain blanc, du jambon, du lait et de la tisane étaient à disposition, mais Delphine préférait l'épaisse soupe des paysans qui tient bien au corps et le pain bis réservé d'ordinaire aux chevaux. Comme chaque matin, son bol fumant et son pain noir l'attendaient à sa place.

– Excusez-moi, mademoiselle, mais lorsque je vois une parfaite inconnue entrer chez moi et s'installer à ma table sans vergogne, malgré tout le respect que je lui dois, je suis logiquement en droit de lui demander qui elle est et ce qu'elle veut, dit le comte en fronçant les sourcils. Je vous signale également que je possède de gros chiens de garde qui ne sont nourris qu'une fois l'an.

– Oh, père, vous êtes plus cruel encore que Mirabelle, soupira Delphine moitié agacée, moitié amusée.

– Delphine ? fit le comte avec des yeux ronds.

Il la scruta pendant une minute.

– Mais oui, vous êtes incontestablement ma fille, la vicomtesse Delphine, conclut-il enfin. Il est heureux que vous portiez la goutte de sang qui me le prouve. Ne m'en voulez pas, mais sans vos haillons, votre couche de crasse et votre rideau de cheveux, j'ai bien du mal à vous reconnaître. Qu'en dis-tu, Barrois ?

Barrois était très vieux. Il avait suivi le comte de Renvers durant toute sa vie. Il avait été son valet pendant sa jeunesse puis son aide de camp à l'armée. Le bruit courait qu'il gardait un pistolet toujours chargé sous son oreiller « au cas où ». À présent, la jambe tremblotante mais la main toujours ferme, il était le maître d'hôtel du château. Le comte lui avait offert une confortable retraite bien méritée au regard de son âge avancé, mais Barrois avait refusé tout net expliquant qu'il n'avait pas de famille, qu'il s'ennuierait tout seul et qu'il ne voyait pas sa vie autrement qu'au service de monsieur le comte.

– Une véritable jeune fille de la cour, si je puis me permettre, répondit-il très sérieusement au comte avant de sortir discrètement.

En entendant cela, Delphine avala de travers et faillit s'étrangler. Pour rien au monde elle n'aurait voulu quitter sa belle campagne pour la cour du roi à Paris.

– Et qu'a fait Mirabelle pour que vous la traitiez de cruelle ? reprit le comte.

Delphine lui raconta ce qui s'était passé avec Fauvette.

– Mirabelle fait preuve de beaucoup de sagesse, dit le comte.

Delphine se renfrogna devant son expression devenue soudain si grave.

– Je croyais que j'allais m'amuser aujourd'hui, et depuis mon lever, on ne me parle que de rang à tenir, de robes importables qu'il faut cependant porter, d'honneur à rendre, de richesse. Le bel anniversaire en vérité !

– Oh, voilà donc la raison de cette toilette de cérémonie, dit le comte comme s'il venait de se rappeler quelque chose d'important.

– Vous me taquinez encore, père, rétorqua Delphine en se trémoussant comme devant sa coiffeuse. Si vous me parliez plutôt de mon cadeau.

– Ah, oui, je vous dois un cadeau, il est vrai, reconnut le comte. Voyons, voyons, qu'ai-je fait du cadeau ?

– Père !

– Les plaisanteries les plus courtes sont les meilleures, soit, admit le comte en riant.

– Alors mon cadeau ?

– Tout à l'heure, quand vos invités seront tous réunis autour de vous.

La porte s'ouvrit à cet instant et Fauvette entra en portant un plateau d'argent sur lequel un œuf trônait dans un coquetier en porcelaine. Elle avait visiblement entendu les dernières paroles du comte.

– Mes invités… murmura Delphine sans oser la regarder en face.

Chapitre 2
Gabrielle d'Amaryllis

La patience de Delphine fut mise à rude épreuve durant toute la matinée. Les invités semblaient s'être donné le mot pour arriver chacun à des heures d'intervalle. La cour du château fut bientôt trop petite pour accueillir tous les carrosses. On les parqua un peu partout sur les pelouses, qui n'apprécièrent guère ce labourage intempestif ni les babines voraces des chevaux. Le château se remplit lentement de ducs, de marquis et autres princes.

Dans sa cape épaisse recouvrant sa robe plus épaisse encore, Delphine suait sang et eau. L'été s'attardait un peu et elle aurait bien aimé enlever tout cela pour sauter dans la rivière. Elle l'entendait gazouiller joyeusement un peu plus loin dans les sous-bois, ce qui constituait pour elle une véritable torture. Mais elle était la reine de la fête et, debout au côté de son père, en haut des marches du perron qui brûlaient en plein soleil, elle devait accueillir ses hôtes avec son sourire le plus charmant. Ses mâchoires se crispaient et ses jambes la faisaient souffrir. Jamais elle n'avait dû faire autant de révérences. Devant le prince de ceci, devant la duchesse de cela et même devant des gens qu'elle n'avait jamais vus de sa vie mais qui ne tarissaient pas d'éloges à son égard.

– Comme elle a grandi cette petite ! dit une duchesse que Delphine ne connaissait pas.

– N'est-elle pas en tout point le portrait de sa mère ? lança une baronne sans attendre de réponse.

– Dix ans déjà ! Est-ce possible ! s'exclama un jeune vicomte qui ne devait pas avoir seize ans.

Toutes ces paroles insipides lui entraient par une oreille et ressortaient par l'autre. À force, elle ne les entendait même plus et répondait merci à tout et n'importe quoi, ce qui ne parut choquer personne puisque c'était précisément la réponse qu'ils attendaient tous. Enfin, vers midi, le dernier carrosse s'arrêta devant le perron. Le cocher sauta prestement à terre et ouvrit la portière en s'inclinant presque jusqu'au sol.

– Madame la marquise Jeanne de la Trame et mademoiselle Gabrielle d'Amaryllis, annonça-t-il d'un ton ampoulé.

Delphine faillit tomber à la renverse en voyant sortir du carrosse la plus éblouissante femme qu'elle eût jamais contemplée. Ses beaux cheveux noirs s'illuminaient de reflets bleutés au soleil, rehaussant le bleu saphir de ses yeux en amande. Elle avait un large front intelligent, des lèvres vermeilles et un sourire éclatant. Sa robe était bleue parsemée de broderies d'or et Delphine devina qu'elle l'avait choisie exprès pour l'assortir à ses yeux. Elle n'aurait jamais cru qu'une femme puisse porter une robe de cérémonie sans crouler sous son poids (elle-même avait l'impression d'avoir des doubles rideaux sur les épaules), mais la marquise de la Trame descendit de son carrosse aussi légère qu'une biche.

« Je gage qu'elle s'est entraînée, songea Delphine avec amertume en regrettant de n'en avoir pas fait autant. Ce ne peut être que cela. Et que de colliers de perles et de barrettes de diamants pour une fête d'anniversaire à la campagne ! Pour sûr qu'elle porte tout son coffre à bijoux sur… »

Mais un événement inattendu coupa net ses réflexions. Son père franchit les quatre marches du perron d'un bond, à la manière d'un jeune homme, et se précipita pour offrir son bras à la marquise de la Trame. Cela étonna fort Delphine. Le comte était resté sur le perron pour tous les autres invités, dans une attitude calme et polie, et le voilà qui s'agitait comme si on venait de lui faire savoir qu'il allait également recevoir un cadeau. Étrange…

L'attention de Delphine fut cependant détournée par l'autre occupante du carrosse. Le cocher avait annoncé mademoiselle Gabrielle d'Amaryllis, sans préciser son âge. Delphine eut la joie de voir apparaître une fillette d'une dizaine d'années, aussi brune et belle que la marquise et vêtue d'une robe du même tissu. Delphine comprit qu'il ne pouvait s'agir que de sa fille.

« Enfin une invitée de mon âge », se dit-elle ravie.

Elle se dit aussi qu'elle pouvait bien se permettre de descendre les marches pour lui souhaiter la bienvenue puisque son père en avait fait autant à l'égard de la marquise. Malheureusement, elle avait oublié sa robe encombrante et son manque flagrant d'entraînement. La première marche lui fut fatale. Son pied se prit dans ses multiples jupons et elle plongea tête la première. Hélas, le perron était beaucoup plus dur que l'eau de la rivière et ce fut dans ses fanfreluches qu'elle pataugea bientôt. Non contente de se ridiculiser devant la belle marquise, elle se fit donc également très mal. Mais le pire pour elle fut d'entendre Gabrielle éclater d'un grand rire moqueur qui attira tous les invités déjà à l'intérieur.

– Delphine mon enfant, vous n'avez rien, j'espère.

Le comte vint rapidement à son secours, mais pas assez pour empêcher tous les autres d'admirer les pantalons de dentelle de mademoiselle de Renvers. Ces gens étaient trop polis, cependant, pour rire ouvertement. Seule Gabrielle continuait de s'esclaffer bruyamment en la montrant du doigt.

– Il suffit, mademoiselle, la gronda la marquise. Vous devriez plutôt soutenir cette pauvre Delphine qui vous fait l'honneur de vous inviter.

– Je vous demande bien pardon, mademoiselle Delphine, se reprit instantanément Gabrielle. Je manque à tous mes devoirs. Tenez, appuyez-vous sur mon épaule. Et n'hésitez pas surtout, je suis plus forte que j'en ai l'air, vous savez.

Delphine aurait préféré se redresser toute seule, mais sa cheville en décida autrement. Boitillante et les cheveux de nouveau emmêlés, elle accepta l'offre de Gabrielle. En les voyant gravir le perron bras dessus bras dessous, les dames s'émurent.

– Ne dirait-on pas deux gentilles petites sœurs ? soupira une grosse duchesse en reniflant.

Et le comte de Renvers et la marquise de la Trame échangèrent un regard de tendre complicité.

Delphine et Gabrielle s'assirent côte à côte à table et le comte de Renvers installa la marquise de la Trame à sa gauche. Devant le menu somptueux annonçant volailles, gibiers, entremets et gâteaux, chacun oublia très vite la catastrophe du perron.

– Le marquis de la Trame a été retenu par ses affaires, pour qu'il ne puisse être parmi nous aujourd'hui ? demanda Delphine à Gabrielle au milieu du brouhaha des conversations et du cliquetis des couverts.

– La chose lui serait difficile, il est mort, répondit Gabrielle.

– Oh ! Vous m'en voyez désolée ! Moi c'est ma chère pauvre maman qui n'est plus de ce monde.

– Vous vous méprenez, le marquis de la Trame n'était pas mon papa, rectifia Gabrielle.

– Comment l'époux de votre mère n'était-il pas votre père ? s'étonna Delphine.

– Mon père est mort et mère s'est remariée, expliqua Gabrielle. Tout cela s'est passé peu après ma naissance. Je ne garde aucun souvenir de mon vrai père.

– Que c'est triste ! compatit Delphine. Ainsi donc vous avez perdu votre premier père puis le second.

– Le troisième, rectifia encore Gabrielle. Entre mon père, le chevalier d'Amaryllis et le marquis de la Trame, il y eut le baron de Morlant.

Delphine fut horrifiée. Jamais elle n'avait entendu une histoire aussi dramatique. Elle ne savait plus quoi dire.

– Vous savez le pire dans tout cela, reprit Gabrielle d'un air éploré, c'est de n'avoir personne pour me consoler. Je veux dire, il y a mère, bien sûr, mais je n'ai ni frère ni sœur, ni cousin, ni amie pour me distraire et me changer les idées.

– Désormais vous en avez une, dit Delphine en lui prenant la main. Enfin, si vous le voulez bien…

– Vous ?

– Moi.

– Tout de bon ?

– Tout de bon.

– Ainsi nous sommes amies, c'est dit ! s'écria Gabrielle le visage rayonnant. Comme vous êtes bonne et généreuse, mademoiselle Delphine. C'est votre anniversaire et c'est moi qui reçois le plus précieux des présents.

– Et pour commencer, plus de « mademoiselle » ni de vouvoiement entre nous, déclara résolument Delphine. C'est si ennuyeux, tu es d'accord avec moi, Gabrielle ?

– Tu as bien raison… Delphine, approuva Gabrielle qui avait encore du mal à croire à son bonheur. C'est bien mieux. Nous nous dirons « tu » comme les petites paysannes, ce sera très amusant.

La fin du repas fut beaucoup plus joyeuse et, lorsque les dernières assiettes furent vides, le comte de Renvers se leva et brandit son verre.

– Mesdames et messieurs, la préséance me commande aujourd'hui 27 septembre de boire à la santé de notre sire Louis le treizième, mais je suis bien certain que dans sa grande bonté le roi me pardonnera de souhaiter avant tout un très bon anniversaire à ma fille qui eut l'inexcusable indélicatesse de naître le même jour que lui.

Un grand rire se mêla au raclement des chaises quand tout le monde se leva.

– À Delphine ! cria le comte.

– À Delphine ! répétèrent les invités, si fort que Delphine sentit son cœur trembler.

Les joues cramoisies, elle aurait bien aimé à cet instant disparaître à nouveau sous ses jupons.

– Au roi ! ajouta le comte.

– Au roi ! crièrent les invités.

– Et à présent, reprit le comte une fois les verres vidés, permettez-moi de mettre un terme à la longue torture de l'attente du cadeau...

Les rires redoublèrent pendant qu'on se levait, et on crut que Delphine grimaçait de la nouvelle taquinerie de son père, mais quand elle ajouta à son visage déformé un cri de douleur, on comprit que sa cheville la lançait douloureusement. De fait, celle-ci avait doublé de volume pendant le repas. Le comte porta Delphine dans un fauteuil du grand salon et appela Mirabelle, qui lui mit de la pommade et un bandage, sans commentaire désobligeant devant tout le monde. Mais elle lui fit quand même les gros yeux pour être passée outre son interdiction de dégringoler les escaliers.

– C'est bien dommage pour le cadeau, soupira le comte de Renvers.

– Mon cher comte, je ne pense pas que votre fille, qui a fait montre d'assez de patience depuis ce matin, supporte plus longtemps vos plaisanteries, intervint la marquise de la Trame en faisant un clin d'œil à Delphine. Elle souffre suffisamment comme cela, ne croyez-vous pas ? Du reste, nous sommes tout aussi impatients qu'elle de le découvrir, ce fameux cadeau. Au nom de notre amitié, monsieur, cessez de jouer avec mes nerfs.

Les cris de reproche commencèrent à fuser autour du comte, qui n'avait pourtant plus l'air de plaisanter.

– Loin de moi l'idée de mette vos nerfs à rude épreuve, madame. Et vous m'en voyez tous navré, mais si Delphine ne peut se déplacer…

– Eh bien que le cadeau se déplace dans ce cas ! répliqua la marquise de la Trame, et tout le monde applaudit à cette ingénieuse solution.

Le comte ouvrit des yeux ronds.

– Ah… heu… c'est-à-dire… mais après tout, oui, pourquoi pas. Ne bougez pas, Delphine, j'en ai pour une minute.

Delphine aurait bien aimé lui répondre que, même si elle l'avait voulu, elle aurait été incapable de le suivre, mais le comte avait ouvert en grand les portes-fenêtres qui donnaient sur le jardin et s'était rué dehors avant qu'elle n'ait ouvert la bouche. Il revint quelques minutes plus tard et un immense *hoooooo* ! emplit le grand salon quand on vit le fameux cadeau. C'était un cheval ! Un beau cheval gris perle avec une épaisse crinière aussi ébouriffée que les cheveux de Delphine. Les gens reculèrent et quelques bibelots furent malheureusement sacrifiés sur son passage. Delphine n'en croyait pas ses yeux. Depuis toute petite elle rêvait de posséder son propre cheval, mais son père avait toujours refusé, la jugeant trop jeune pour un si gros animal.

– Allons, monsieur le Général, saluez votre nouvelle maîtresse, ordonna le comte. Allons !

Alors le beau cheval gris plia la jambe avant droite et s'inclina avec élégance devant Delphine, sous l'œil émerveillé de toute l'assemblée.

Chapitre 3
Aventures de Général

Une semaine plus tard, la cheville de Delphine était complètement remise et elle put enfin commencer son apprentissage de cavalière. Elle avait revêtu pour l'occasion une culotte et des bottes de garçon.

– Ta nouvelle amie sera là, à ce que m'a appris maman, lui dit Fauvette alors qu'elles se rendaient aux écuries.

– Père a eu l'excellente idée de les inviter elle et la marquise de la Trame, n'est-ce pas merveilleux ? répondit Delphine au comble de la joie.

– Maman m'a aussi signifié que je ne pourrais pas rester avec vous, ajouta Fauvette après une hésitation.

Delphine remarqua à cet instant qu'elle avait baissé la tête.

– Il faudrait beau voir que mon amie d'enfance me soit retirée, décréta-t-elle en la prenant par les épaules. Nous ne les laisserons pas faire, foi de Renvers ! Et Gabrielle nous prêtera main-forte, j'en suis bien certaine. C'est la plus loyale et la plus fidèle amie qu'on puisse avoir. Tu verras comme tu l'aimeras toi aussi. Tu veux donner son pain à Général ?

Et elle lui confia le pain bis de son petit déjeuner qu'elle gardait désormais pour son cheval. Tous les matins, elle venait le donner à Général, qui l'attendait en piaffant d'impatience. Il ne fit aucune manière pour accepter sa friandise de la main de Fauvette, mais il ne fit la révérence que devant Delphine.

– C'est père qui lui a appris ce tour-là, expliqua Delphine. Général, salue aussi Fauvette, allons !

Mais elle eut beau l'obliger de toutes les manières possibles, Général avait ses huit cents livres pour lui et le rapport de forces tourna en sa faveur.

– Vous êtes un malpoli, monsieur, le gronda Delphine.

– Peut-être qu'il ne réserve ses révérences qu'aux nobles, dit Fauvette dubitative. Nous verrons bien quand mademoiselle Gabrielle sera là.

Mais une heure plus tard devant mademoiselle Gabrielle, Général demeura également de marbre. Décidément, seule Delphine avait l'heur de lui plaire.

– Ah bah, c'est mieux ainsi, conclut Gabrielle. Il sait bien qui est sa maîtresse… ou son maître, devrais-je dire, car à te voir habillée de la sorte j'ai cru tout d'abord que tu étais un garçon.

– Ne faites pas attention, mademoiselle, dit Fauvette. Delphine a toujours des façons hors du commun.

– Ou plutôt bien du commun, répliqua Gabrielle avec une moue de dégoût.

– Et que voulez-vous que je portasse pour chevaucher ? se défendit Delphine. Quant à toi, Gabrielle, je t'avais pourtant fait savoir que nous monterions à cheval aujourd'hui. Pourquoi avoir revêtu une robe si encombrante ?

Il est vrai que Gabrielle portait une robe encore plus volumineuse que celle de l'anniversaire.

– Mère tient à ce que je sois toujours apprêtée, expliqua-t-elle. Nous devons être sur nos gardes en permanence.

– Vos gardes ? s'étonna Delphine.

– Nous ne sommes jamais à l'abri d'un beau parti qui passe, dit Gabrielle avec un bel aplomb.

– Mais tu es bien trop jeune pour songer au mariage ! s'exclama Delphine en riant.

– Mais bien assez vieille pour trouver un fiancé d'après mère, rétorqua Gabrielle un peu vexée. Ton père ne te cherche-t-il pas un époux ?

– Bien sûr que non ! s'écria Delphine que cette idée horrifiait. J'épouserai qui bon me semblera.

– Et par ici vos dentelles et vos bijoux ne vous serviront à rien, mademoiselle Gabrielle, car vous ne trouverez guère que des fils de paysans et de valets, lui apprit Fauvette en riant presque aussi fort que Delphine.

– Ou peut-être un vieux sanglier du côté de la forêt, ajouta Delphine.

– Ou un blaireau, avec un peu de chance, renchérit Fauvette en se tenant le ventre.

Gabrielle cacha son visage dans ses mains.

– Est-ce ainsi que vous traitez les invités dans cette maison ? sanglota-t-elle, et ses épaules sursautaient à une vitesse impressionnante. Ce n'est pas ma faute si mère m'habille de la sorte.

Catastrophées, Delphine et Fauvette cessèrent de rire et vinrent l'entourer.

– Pardon, Gabrielle, nous ne voulions pas te faire de peine, dit Delphine toute honteuse.

– Je vous demande pardon, mademoiselle, s'excusa Fauvette. Voulez-vous mon mouchoir ?

– Je ne veux pas de ton mouchoir crasseux, répliqua Gabrielle en la repoussant. Et puis qu'est-ce donc que ces manières ? Chez moi, si une servante se permettait de me toucher ou de me parler sur ce ton, elle serait fouettée jusqu'au sang.

– Ici, personne n'a à craindre le fouet et Fauvette est mon amie, précisa Delphine. J'avais espéré qu'elle deviendrait aussi la tienne et que nous nous amuserions au lieu de nous disputer pour une toilette ou un mouchoir.

Général approuva ces bonnes paroles d'un formidable hennissement. Delphine, Gabrielle et Fauvette se regardèrent un instant puis éclatèrent de rire.

– Général a raison, déclara Delphine. Il est grand temps de sortir galoper.

Mais avant de galoper, elle devait d'abord apprendre à se tenir en selle.

La première difficulté consista à seller Général. Les palefreniers ne manquaient pas au château de Renvers, mais ce matin-là, ils avaient été réquisitionnés pour désherber les anciennes douves.

– Qui va seller Général ? voulut savoir Gabrielle en regardant autour d'elle.

– Eh bien nous ! répondit Delphine avec enthousiasme. Ce ne doit pas être très compliqué.

Gabrielle trouva l'idée amusante au début. Cependant, lorsque ses souliers vernis et le bas de sa robe se retrouvèrent tout crottés, elle changea vite d'avis.

– Oh non, regardez ! gémit-elle en piaffant presque aussi bien que Général. Je n'aurais jamais dû consentir à vous suivre dans ces écuries souillées. Qu'est-ce que mère va dire ?

– Voilà pourquoi il ne fallait pas mettre une robe comme celle-ci, lui rappela Delphine.

– Ne vous inquiétez pas, mademoiselle, j'aurai tôt fait de tout remettre en état avant que madame la marquise ne s'en aperçoive, lui dit Fauvette.

Un peu rassurée, Gabrielle accepta de l'aider à placer la selle sur le dos de Général. Hélas, même à deux, la selle restait très lourde et Général bien trop haut pour leurs petits bras maigrichons.

– Montez sur ce banc, leur proposa Delphine en tirant Général par la bride.

– Que ne nous aides-tu pas ? voulut savoir Gabrielle qui recommençait à s'énerver parce que ses jolies boucles noires ne supportaient pas sa transpiration.

– Il faut bien que l'une de nous attache la sangle, expliqua Delphine.

Après bien des difficultés et quelques ratés dus à la mauvaise volonté de Général qui n'appréciait que modérément tout ce remue-ménage, la selle fut enfin en place. Delphine plongea sous le ventre du cheval et s'empressa d'attacher la sangle avant que l'idée ne vienne à Général de ruer.

– Ouf ! Je n'aurais jamais cru que cela fût aussi fatigant, reconnut-elle.

– Je suis exténuée, souffla Fauvette en se laissant tomber sur le banc.

– Et moi je ne sens plus mes bras, soupira Gabrielle en l'imitant. Oh non !

– Que t'arrive-t-il ? demanda Delphine.

Gabrielle se releva lentement et regarda par-dessus son épaule. Le crottin que ses souliers avaient laissé sur le banc dessinait à présent une large auréole du plus bel effet sur son postérieur. Delphine et Fauvette évitèrent prudemment de se regarder et se mordirent les lèvres pour ne pas éclater de rire.

Delphine prit Général par la bride et le sortit des écuries.

– Je serai la première à monter sur mon cheval, décréta-t-elle d'un ton sans réplique.

N'ayant aucunement l'intention de s'y risquer, les deux autres furent entièrement d'accord.

– C'est bien naturel, approuva Gabrielle.

– Ne devrais-tu pas demander à un palefrenier comment on fait ? suggéra néanmoins Fauvette.

– Allons donc, répliqua Gabrielle. J'ai entendu dire que les Renvers étaient les meilleurs cavaliers du royaume. Delphine n'a pas besoin d'apprendre, elle a cela dans le sang.

Delphine, de son côté, n'avait jamais entendu cette histoire à propos de sa famille et elle en fut très flattée. Il est vrai qu'un tableau du grand salon représentait son père en uniforme chevauchant un magnifique étalon gris qui ressemblait un peu à Général. Hélas pour elle, Général ne connaissait pas ce tableau ni la réputation des Renvers, et malgré tous ses efforts et l'aide maladroite de Gabrielle et de Fauvette, elle ne parvint même pas à mettre son pied dans l'étrier.

– Demande-lui de faire la révérence, ainsi l'étrier sera à ta hauteur, suggéra Gabrielle qui semblait singulièrement tenir à ce que Delphine monte sur Général.

Fauvette ne fut pas du tout rassurée en voyant Général se pencher en avant.

– Nous devrions plutôt utiliser le banc, dit-elle.

– Un véritable cavalier n'en a pas besoin, lui lança Gabrielle en la regardant de travers. Tu n'y connais rien, tais-toi.

Delphine mit facilement son pied dans l'étrier.

– La bonne idée que tu as eue là, Gabrielle, dit-elle ravie. Il ne me reste qu'à passer la jambe et…

Mais Général devait avoir des fourmis dans le garrot et choisit ce moment précis pour se relever. Delphine roula tout le long de son dos et rebondit sur sa croupe sans comprendre ce qui lui arrivait. Un nuage de poussière l'entoura quand elle percuta lourdement le sol. Fauvette se précipita pour la secourir et Gabrielle éclata de rire.

– Tu ne sais décidément pas plus monter à cheval que descendre un escalier ! s'écria-t-elle folle de joie.

– Montre-moi donc comment il faut s'y prendre, toi qui es si maligne ! rétorqua Delphine en se relevant.

– Je n'ai pas le droit de monter à cheval car cela fait les jambes toutes tordues, répondit Gabrielle.

– Balivernes ! s'exclama Fauvette en riant à son tour avec Delphine.

– Vous osez mettre en doute la parole de la marquise de la Trame, ma mère, votre invitée dans cette maison ! s'insurgea Gabrielle outrée. Eh bien si c'est comme cela, je ne vous adresserai plus la mienne !

Et elle croisa les bras et leur tourna le dos pour bouder.

– Si c'est la marquise qui le dit ce doit être vrai, dit Delphine conciliante en donnant un coup de coude à Fauvette.

– Oui, oui, ce doit être vrai, répéta cette dernière. Vous avez raison, mademoiselle, nous n'y connaissons rien.

Gabrielle fit volte-face. Un grand sourire illuminait son visage.

– Et si nous attelions Général à une carriole ? proposa-t-elle. Nous pourrions nous promener toutes les trois !

La selle fut aussi difficile à enlever qu'à mettre. Puis il fallut fixer les multiples sangles de la carriole, ce qui leur parut encore plus compliqué. Où doit aller celle-ci, comment attacher celle-là ? Docile, Général subissait tous ces tracas sans trop broncher, mais il se demandait pourquoi ces remuantes petites filles ne le laissaient pas tranquille.

– Que ce cheval a mauvais caractère ! maugréa Gabrielle alors qu'il poussait un hennissement douloureux parce qu'elle le sanglait trop fort.

– Vous lui faites mal, mademoiselle, intervint Fauvette. Il n'est pas nécessaire de serrer de la sorte.

– Depuis quand une vulgaire servante sait comment sangler un cheval ? rétorqua Gabrielle. Chez nous, on attache cette sangle au dernier cran afin que les chevaux aient un digne et fier port de tête.

– Mais Général n'est pas habitué, intervint Delphine en desserrant la sangle. Pauvre Général.

– Il aura l'air d'un mulet tirant une charrette de foin, fit remarquer Gabrielle avec une pointe de mépris.

Elle ne voulait cependant pas manquer la promenade et, une fois la petite carriole enfin attelée, elle fut la première à grimper dedans.

– Je serai le cocher et vous les passagères, dit-elle.

Delphine et Fauvette applaudirent à cette idée. Elles montèrent à l'arrière en faisant mille manières comme des princesses dans un carrosse.

– Fouette, cocher ! s'exclama Delphine une fois assise.

– Je n'ai pas de fouet, dit Gabrielle.

– C'est une façon de parler, expliqua Delphine. De plus, il n'est pas question de fouetter Général, tu n'as qu'à faire semblant.

– Ce sera moins drôle et Général ira moins vite, fit Gabrielle déçue.

Elle secoua les rênes et Général partit au petit trot, tout joyeux de se dégourdir les jambes et pour le plus grand plaisir de ses trois passagères.

Au bout de cinq minutes, Gabrielle commença à regretter d'avoir pris le rôle du cocher. Elle s'ennuyait toute seule à l'avant pendant que Delphine et Fauvette s'amusaient à l'arrière, en saluant une foule imaginaire à la manière de la famille royale paradant dans les rues de Paris. Gabrielle voulut aller au galop pour sentir le vent dans ses cheveux. Elle claqua les rênes aussi fort qu'elle le put, mais elle ne parvint qu'à chatouiller Général, qui n'augmenta pas sa vitesse.

– Le vilain animal que voilà, murmura-t-elle entre ses dents. Si j'avais un fouet, je t'apprendrais à obéir. Oh, oh, mais que vois-je en bordure de ce chemin ?

Et ce qu'elle voyait était un énorme buisson de ronces qui aurait eu besoin d'une bonne taille. Gabrielle sourit de satisfaction, jeta un regard en direction de Delphine et Fauvette pour s'assurer qu'elles ne remarquaient pas son manège et arracha une longue branche de ronces au passage.

– Voilà qui fera un fouet parfait, se félicita-t-elle.

Parfait était le mot juste en effet car en plus de fouetter, la branche griffait avec ses épines dures et pointues. Gabrielle donna une petite tape sur la croupe de Général. Celui-ci sursauta et augmenta légèrement l'allure. Ravie de l'effet produit, Gabrielle voulut aller encore plus vite. Elle brandit la branche et l'abattit de toutes ses forces sur Général. Le pauvre cheval ne s'attendait pas à ça. Il rua, s'emballa et partit au grand galop, la carriole bringuebalant derrière lui. Épouvantée, Gabrielle perdit tout à la fois son fouet improvisé, les rênes et le contrôle. Delphine et Fauvette, aussi surprises que Général, se retrouvèrent plaquées au fond de leur siège.

Quand le fol équipage passa devant les fenêtres du grand salon, le comte de Renvers et la marquise de la Trame, qui discutaient tranquillement en buvant un verre de vin, entendirent la cavalcade et surtout les cris déchirants des trois fillettes. La marquise faillit s'évanouir en apercevant les souliers de Gabrielle qui dépassaient de sous le siège du cocher. Plus réactif, le comte se précipita aux écuries, sauta sur le premier cheval et partit au triple galop en ordonnant à deux palefreniers qui revenaient des douves de le suivre. Les trois hommes rattrapèrent l'équipage au moment où celui-ci s'enfonçait dans les bois. Au péril de sa vie, le comte parvint à sauter sur Général tandis que les palefreniers tentaient vainement d'attraper Delphine, Gabrielle et Fauvette, blanches de terreur. Le comte réussit à calmer Général qui, tout tremblant, finit par s'arrêter, les naseaux fumants et l'écume aux lèvres. Lorsqu'on les sortit de leur infernal piège, Delphine, Fauvette et Gabrielle étaient aussi hagardes et tremblantes que lui.

Chapitre 4
Une annonce officielle

– Je n'aime pas ta nouvelle amie, Delphine, dit Fauvette le lendemain du terrible accident. Et je suis certaine que Général ne s'est pas emballé sans une bonne raison.

– Tu l'as pourtant entendue toi-même, elle ne comprend pas plus que nous ce qui s'est passé, répondit Delphine. D'après elle, une guêpe tournait autour de Général depuis un moment et l'a probablement piqué.

– Une piqûre de guêpe ne laisse pas ce genre de traces, objecta Fauvette. Le dos de Général était tout griffé.

– Ce sont les buissons des sous-bois qui lui ont infligé ces griffures, supposa Delphine. Comment diable Gabrielle aurait-elle pu les lui faire ? Elle n'avait pas de fouet.

– C'est égal, je n'ai aucune confiance en elle.

– Tu ne l'aimes pas parce qu'elle est mon amie et qu'elle porte de jolies robes, s'emporta Delphine. C'est dommage, car elle reviendra dimanche prochain ! La marquise y a consenti après avoir reçu l'assurance qu'à l'avenir Gabrielle ne risquerait plus sa vie en venant dans cette maison de fous.

– Grand bien vous fasse, mademoiselle, rétorqua Fauvette toute rouge. Ce jour-là j'irai jouer avec mes amies du village.

– Grand bien te fasse, répliqua Delphine aussi cramoisie qu'elle, car une servante n'est pas la bienvenue aux jeux des filles de noblesse !

Furieuse, Fauvette poussa un cri de rage et tourna les talons.

– Et avant d'aller jouer avec tes amies du village, tu t'assureras que ma robe rose soit propre et repassée. Nous souperons dans le petit salon avec madame la marquise de la Trame et mademoiselle Gabrielle.

Delphine avait lancé toutes ces méchancetés sous le coup de la colère. Elles avaient à peine franchi ses lèvres qu'elle les regrettait déjà. Jamais auparavant elle n'avait traité Fauvette en servante et jamais elle ne lui avait donné un ordre. Il était trop tard, cependant, le mal était fait et les claquements secs des sabots de Fauvette retentirent irrémédiablement dans les escaliers. Delphine savait que son amie ne reviendrait pas de sitôt.

Une ambiance morose régna dans le château durant toute la semaine et elle devenait glaciale quand Delphine et Fauvette se croisaient par hasard dans un couloir. Mais le dimanche suivant, un événement extraordinaire allait tout changer.

Tous les matins, le comte de Renvers donnait un cours d'équitation à Delphine. L'épisode de la voiture avait quelque peu refroidi son enthousiasme et il estimait préférable d'être présent lorsque sa fille montait sur un cheval de huit cents livres. C'était un des rares moments qui mettaient un peu de baume au cœur de Delphine car sa dispute avec Fauvette ne quittait guère ses pensées.

– Il serait bon de faire la paix, ne croyez-vous pas ? lui fit remarquer le comte en trottant à côté d'elle à travers champs.

– Si seulement Fauvette reconnaissait ses torts, mais elle s'entête à accuser Gabrielle, expliqua Delphine.

– Je me suis moi-même étonné du comportement de Général, avoua le comte. Je ne vous aurais certes pas offert un cheval capricieux et je vois avec bonheur que mes craintes de l'autre jour étaient sans fondements, car depuis cinq jours que nous chevauchons ensemble, Général est doux comme un agneau. Son emballement reste un mystère.

– C'était la guêpe, voilà tout.

– L'avez-vous vue cette guêpe ?

– Nous étions trop occupées à saluer la foule, se souvint Delphine et le comte ne lui demanda pas de quelle foule elle parlait. Mais je n'ai pas vu de fouet dans la main de Gabrielle non plus.

– Il ne saurait être question de mettre en doute la parole de Gabrielle, expliqua le comte, cependant Fauvette et elle sont parties du mauvais pied à ce que j'ai cru comprendre. Vous êtes autant l'amie de Fauvette que celle de Gabrielle, c'est donc à vous de les réconcilier et pour ce faire, vous devez d'abord vous réconcilier avec Fauvette.

– J'ai trouvé ! s'écria soudain Delphine tout heureuse. Il suffira que Fauvette reste chez elle lorsque Gabrielle me rendra visite, et le tour sera joué.

Le comte secoua la tête.

– Je crains fort que cette solution de facilité ne suffise pas, se désola-t-il.

– Comment cela ?

– Croyez-moi, soyez l'artisane d'une belle et franche amitié, vous ne vous en sentirez que bien mieux, répondit le comte. Du reste, il en va également de votre avenir… acheva-t-il d'un air mystérieux.

Et malgré l'insistance de Delphine, il refusa d'en dire plus.

Ce n'est qu'après le souper du dimanche que Delphine découvrit ce que le comte avait en tête. Après un après-midi ennuyeux à mourir à jouer aux échecs et à faire des puzzles sous l'œil vigilant de la marquise de la Trame, Delphine et Gabrielle entrèrent dans le petit salon et ouvrirent de grands yeux. Il avait été entièrement décoré de guirlandes de fleurs et un souper de fête les attendait. Personne ne fêtait son anniversaire ce jour-là, Delphine l'aurait su, et le comte et la marquise s'amusèrent de l'étonnement de leur fille respective. Ils conservèrent un air de comploteurs jusqu'à la fin du repas et ne répondirent à aucune question.

– Après le souper.

Ce fut la seule explication à laquelle eurent droit Delphine et Gabrielle. Il va sans dire que les rôtis, les entremets, les fruits et les gâteaux furent engloutis à une vitesse record ce soir-là, malgré les remontrances de la marquise de la Trame pour qui manger trop vite était du pire mauvais goût.

– Nous vous avons assez fait languir comme cela, dit enfin le comte en se levant.

Il avait un air solennel et Delphine et Gabrielle comprirent que le grand moment était arrivé.

– Delphine, seriez-vous heureuse que Gabrielle ne vous quitte plus jamais ?

– Ce serait merveilleux, père, répondit Delphine en se disant qu'il faudrait un miracle pour que la marquise de la Trame consente à abandonner sa fille.

– Et vous, Gabrielle, accepteriez-vous de venir vivre ici avec Delphine pour toujours ?

– Cela comblerait tous mes désirs, monsieur le comte, répondit Gabrielle après un coup d'œil inquiet en direction de sa mère.

Mais cette dernière afficha un sourire radieux qui surprit encore plus Delphine et Gabrielle.

– À la bonne heure ! proclama le comte. Et si je vous disais que j'ai le pouvoir de réaliser vos vœux ?

– Seriez-vous un sorcier, père ? demanda Delphine.

– Ou un génie de l'Orient ? ajouta Gabrielle.

– Ni l'un ni l'autre et pourtant ce soir rien ne m'est impossible.

Il avait de nouveau pris son air mystérieux qui s'accentuait à la lueur des bougies et la marquise de la Trame éclata de rire.

– Vous êtes incorrigible, mon cher. Faire croire à ces jeunes filles que vous avez des pouvoirs magiques ! Et moi donc ? Ne suis-je pas votre égale en la matière ?

– Ma supérieure, rectifia le comte, puisque sans votre volonté, ma magie n'aurait aucun effet.

– De quelle magie parlez-vous, père ? trépigna Delphine.

– Et quelle est la vôtre plus grande encore, mère ? s'impatienta Gabrielle.

– Ne l'avez-vous pas deviné ? s'étonna le comte. C'est l'amour. Gabrielle, madame votre mère m'a fait l'immense honneur de m'accepter pour époux.

– Tout l'honneur est pour moi, renchérit la marquise. Et j'y ajoute le bonheur de faire celui de ma fille en lui donnant une sœur. Si bien sûr vous y consentez, Delphine.

Delphine resta interdite. Et dire que quelques instants plus tôt elle croyait qu'un cheval représentait le plus fabuleux des cadeaux.

– C'est bien vrai ? J'ai désormais une sœur ? Je n'arrive pas à y croire !

– Quand viendrons-nous vivre dans notre nouveau château ? demanda Gabrielle tout excitée. Il est bien plus grand que l'autre.

– Dès que votre maman et moi serons mariés, cela va de soi, répondit le comte avec délicatesse.

– Et quand sera-ce ?

– Gabrielle, ne vous montrez pas si empressée, voyons, intervint la marquise, gênée.

– Laissez, ma chère, dit le comte. Il est normal que ces deux enfants veuillent accélérer les choses, le temps s'écoule bien plus lentement pour elles que pour nous. Cela étant, vous devrez encore attendre, disons… une semaine.

– C'est encore trop long, décréta Delphine. Courons chercher le curé du village et mariez-vous ce soir !

– Vous n'y pensez pas, chère petite, sourit la marquise. Une noce de village ? Et nos amis ? Et notre position ? J'irais moi-même chercher le curé si je n'écoutais que mon cœur, mais notre rang nous commande de respecter les convenances. Le mariage d'un comte est chose sérieuse qui ne saurait se faire à la va-vite.

– Oh, mère, vous allez devenir comtesse ! s'écria Gabrielle.

– Peu m'importe le rang ou la fortune de monsieur de Renvers, répliqua la marquise en balayant ce détail d'un revers de la main. L'amour est aveugle, et je l'aurais épousé n'eût-il été qu'un simple roturier.

Pendant la semaine qui suivit, le château de Renvers fut en effervescence. Partout on briquait, on astiquait, on dépoussiérait. Les miroirs et les dorures reluisaient et les parquets furent si frottés que les pièces paraissaient plus lumineuses. Tout le monde était heureux. Heureux pour le comte qui méritait amplement ce nouveau bonheur, heureux pour Delphine qui resplendissait de joie. Une seule personne ne partageait pas l'euphorie générale : Fauvette. Sa mère lui avait cependant fait la leçon, lui disant qu'elle était bien égoïste et que mademoiselle Delphine avait comme les autres le droit d'avoir une sœur et une nouvelle maman pour prendre soin d'elle. Fauvette se sentit un peu coupable et elle s'efforça de ne rien montrer de ses appréhensions devant Delphine. Faisant contre mauvaise fortune bon cœur, elle accepta même de l'aider à préparer la chambre de Gabrielle. Delphine avait particulièrement tenu à l'aménager elle-même et elle voulait que tout soit parfait.

– Ici près de la cheminée, ce sera le coin pour ses poupées, et là, sous la fenêtre, nous mettrons sa table. Le beau miroir de grand-mère ici et, à l'opposé de la porte, le lit, afin qu'elle ne souffre pas des courants d'air.

Fauvette s'amusait à la voir si affairée. Delphine vérifiait et faisait changer dix fois la position de chaque meuble, chaque tenture, chaque tapis, au grand désespoir des ouvriers. Si on ne l'avait pas arrêtée, elle aurait sans doute porté la commode toute seule.

– Inutile de lui donner autant de poupées, dit Fauvette en voyant Delphine entrer en poussant un landau débordant. Elle apportera les siennes, j'imagine.

– Il n'y a pas que des poupées, répondit Delphine. Regarde !

Sous les poupées, qu'elles disposèrent sur le lit, il y avait des livres, des cahiers de coloriage, des crayons de couleurs, des jeux de société.

– Si tu lui donnes tous tes jouets, tu n'en auras plus pour toi, fit remarquer Fauvette sceptique.

– Tout ce qui est à moi est à elle et vice-versa, répondit Delphine, il en va ainsi entre sœurs. Et vois comme les choses s'arrangent à merveille, à présent que Gabrielle est ma sœur, tu redeviens mon unique meilleure amie.

– C'est vrai, approuva Fauvette après un instant de réflexion. Nous n'aurons plus de raison de nous disputer. Pardonne-moi, j'étais jalouse mais maintenant je suis bien contente pour toi.

– Que nous serons heureuses toutes les trois ! s'exclama Delphine folle de joie.

Le samedi suivant, le mariage fut célébré dans la chapelle du château en présence de nombreux invités, dont Fauvette, qui fut nommée, à la demande expresse de monsieur le comte, demoiselle d'honneur avec Delphine et Gabrielle.

Chapitre 5
Les noces de cendres

– Réalise l'honneur qui t'est fait et tâche de t'en montrer digne, Fauvette, lui recommanda Gabrielle tandis que les trois demoiselles d'honneur se préparaient dans la chambre de Delphine. Aïe ! Quant à toi, le colosse, fais donc un peu attention avec tes épingles, c'est ma tête, que diable, et pas une planche à clous !

– Je vous demande pardon, mademoiselle, s'excusa Mirabelle qui était en train de lui fixer son chapeau, et je vous certifie que ma fille saura bien se tenir.

– C'est ta fille ? Cela explique beaucoup de choses. Aïe ! Cette fois, tu l'as fait exprès.

– Voilà, vous êtes fin prête, mademoiselle. Si vous alliez vous montrer à votre maman et à ces dames ?

– Nous ne pouvons nous montrer avant la cérémonie, répliqua Gabrielle. Mais que connaissent les gueux des traditions ?

– Chez les gueux, cette tradition ne concerne que la mariée, dit négligemment Fauvette en s'admirant dans le miroir sur pied. Comment me trouves-tu, Delphine ?

– Tu es la plus belle de nous trois, répondit Delphine en le pensant vraiment.

La marquise de la Trame avait choisi le bleu ciel pour la couleur des robes et Fauvette, qui ne possédait qu'une triste robe de toile marron, un tablier et un bonnet de coton, ne s'était jamais vue aussi belle.

– Mes robes de tous les jours sont bien plus riches que celles-ci, lança Gabrielle, mais mère a préféré ne prendre aucun risque, sachant que vous autres gens de la campagne n'êtes pas habitués aux belles toilettes. Peste ! Mais que fais-tu, Delphine ? s'écria-t-elle en voyant Mirabelle accrocher la goutte de sang à son cou.

– Mademoiselle Delphine ne sort jamais sans son bijou fétiche, souligna Mirabelle. D'ordinaire elle le porte sous son col, mais en ce glorieux jour il ne saurait se cacher, n'est-ce pas ?

– Ce n'est pas juste cela, répliqua Gabrielle. Elle sera plus parée que nous. En outre, le rouge du rubis sur le bleu de la robe attire l'œil. On ne verra que lui.

– Elle ne peut s'en défaire, la goutte de sang lui vient de madame la comtesse sa maman, lui apprit Fauvette.

Gabrielle faillit rétorquer que désormais la comtesse était sa maman à elle, mais elle se ravisa.

– Bigre, quel affreux nom que « goutte de sang » et quel dommage que mes affaires soient encore en chemin ! soupira-t-elle à la place. Mes coffres à bijoux regorgent des joyaux les plus beaux.

– Il n'est pas plus beau joyau que la gout… commença Fauvette, mais Delphine lui donna un coup de coude pour la faire taire.

– Comment as-tu trouvé ta chambre, Gabrielle ? demanda-t-elle pour mettre un terme à la dispute qui couvait.

– Plus petite que la tienne, répondit Gabrielle en vérifiant ses rubans.

– C'est faux, s'insurgea Fauvette. Nous vous avons donné la plus grande chambre du château.

– Ce sont les meubles ainsi que tous les jouets que nous y avons mis qui font cet effet, dit précipitamment Delphine.

– Il faudra songer à déménager ce fouillis dans ce cas, précisa Gabrielle. Et si nous faisions un grand feu de joie de toutes ces vieilleries ?

Delphine et Fauvette furent si abasourdies qu'elles ne surent pas quoi répondre.

Avec le mois d'octobre était arrivé le froid. Les flammes dansaient dans les cheminées du château mais la petite chapelle serait glacée et Mirabelle sortit les manteaux en prévision, à la grande satisfaction de Gabrielle.

– De cette manière, on ne verra pas cette horrible tache de vin, fit-elle remarquer en descendant dans le hall pour attendre la mariée.

– Goutte de sang, rectifia Fauvette excédée.

Quand la marquise de la Trame apparut dans une robe argentée couverte de perles et de pierres précieuses, Delphine se demanda comment elle pouvait encore tenir debout avec tout ce poids sur les épaules. Elle arborait en outre un diadème digne d'une reine. Sa traîne valait elle aussi son pesant de perles et de saphirs chatoyants et Delphine songea avec une certaine appréhension qu'elles ne seraient pas trop de trois pour la soutenir.

– Madame la comtesse, fit Gabrielle radieuse en s'aplatissant presque jusqu'au sol.

Delphine et Fauvette firent une simple mais élégante révérence. La marquise émit un petit rire. Ses dents rutilaient autant que ses perles.

– Pas encore ma chère enfant, pas encore, dit-elle en inspectant la coiffure de Gabrielle. Ne m'appelez « madame la comtesse » qu'en sortant de la chapelle, sinon cela risque de nous porter malheur. Voyons vos mains.

Gabrielle, Delphine et Fauvette tendirent leurs paumes ouvertes, mais la marquise ne vérifia que celles de Fauvette en la gratifiant au passage d'un regard suspicieux. Fauvette avait les mains parfaitement propres mais curieusement, au lieu d'en être satisfaite, la marquise parut déçue. Elle ne fit cependant aucun commentaire.

– Bien, vos places à présent. Gabrielle à ma droite, Delphine à gauche et toi petite…

– Fauvette, pour vous servir madame, précisa Fauvette en faisant une nouvelle révérence.

– Charmant, répliqua la marquise avec un drôle de sourire. Eh bien Fauvette, tu te tiendras derrière. Il faudra faire bien attention car c'est la place la plus importante, ne l'oublie pas.

Mirabelle, qui se tenait non loin, lança un regard appuyé à sa fille.

– Oui, madame, merci madame, fit Fauvette avec une troisième révérence.

Si Fauvette avait cru un instant que « la place la plus importante » signifiait la place d'honneur, elle déchanta très vite. Dès les escaliers du perron elle réalisa que presque tout le poids de la traîne reposait sur elle. Delphine faisait de son mieux pour l'aider, mais comme Gabrielle se contentait de tenir sa partie du bout des doigts, la traîne tirait vers l'arrière et penchait plus d'un côté que de l'autre. La marquise sentit qu'il se passait quelque chose d'anormal dans son dos. Elle tourna la tête et fit les gros yeux à Fauvette comme si c'était sa faute. La pauvre Fauvette redoubla d'efforts, mais la traîne resta beaucoup trop lourde pour ses petits bras maigres et c'est une mariée un peu bancale qui entra dans la chapelle.

Le comte et les invités étaient déjà là, fébriles et impatients. Au milieu des *hooo* ! et des *haaa* ! d'admiration, il y eut quelques rires sur le passage de la mariée, vite étouffés par le regard noir de celle-ci. Tout à son bonheur, le comte, lui, ne remarqua rien du tout, si ce n'est la beauté et la magnificence qui se dégageaient de sa bien-aimée. Il avait revêtu son uniforme militaire et cela lui donnait un air plus jeune, un air de prince charmant, avec son épée de côté, ses bottes et sa cape. Delphine le trouva absolument sublime.

Fauvette ne fut pas mécontente de poser la traîne, même si la marquise, qui ne cessait de tourner la tête dans sa direction, fronça les sourcils en la voyant malencontreusement marcher dessus. Quand tout le monde fut à sa place, la marquise et le comte s'agenouillèrent devant le prêtre et la cérémonie se déroula sans plus aucun souci, sauf lorsque le comte passa l'anneau au doigt de sa femme. L'anneau était un peu trop petit et on crut un instant que le comte n'allait pas réussir, mais c'était compter sans la détermination de la mariée qui poussa si fort que l'anneau finit par passer en lui écrasant l'articulation au passage.

Ensuite, il fallut s'en retourner au château et le calvaire de Fauvette reprit de plus belle, car si la marquise de la Trame avait presque couru à la chapelle, la comtesse de Renvers prenait un soin tout particulier à marcher le plus lentement possible afin que chacun des invités alignés en une haie d'honneur admire les nouveaux époux.

Une fois dans le château, la comtesse retira sa traîne, au grand soulagement de Fauvette. Les demoiselles d'honneur enlevèrent leur manteau, ce que regretta Gabrielle car maintenant tout le monde pouvait contempler la goutte de sang. Delphine reçut son lot de compliments et Fauvette fit l'unanimité par sa beauté et sa simplicité. Ceux qui ne la connaissaient pas crurent même qu'elle était d'une famille noble. Peut-être une cousine de Gabrielle ou plus sûrement de Delphine si l'on en jugeait par leur ressemblance. Timide, Fauvette n'osait pas trop parler et refusa toutes les danses, se contentant de sourire et de faire des révérences.

– C'est aussi ta fête en quelque sorte, lui dit Gabrielle en la prenant par le bras. N'hésite donc pas à t'amuser, manger et boire.

Elle l'entraîna vers le buffet et lui servit une grande coupe de vin de Champagne, mais Fauvette fit la grimace en le goûtant.

– Il faut tout boire d'un trait, insista Gabrielle. C'est la coutume.

– Je vous remercie de votre sollicitude, mademoiselle Gabrielle, mais je sens que cette chose va me rendre malade, répondit Fauvette en reposant prudemment la coupe.

– Décidément, tu ne sauras jamais te tenir, fit observer Gabrielle d'un air désappointé.

– Mille excuses, mademoiselle. C'est que je n'ai guère l'habitude des manières des jeunes filles de bonne famille.

– C'est ce que je constate, soupira Gabrielle. Mais j'y songe, et si je te les enseignais ? Après tout, nous faisons un peu partie de la même famille à présent.

– Comment, mademoiselle ? s'exclama Fauvette abasourdie.

– Allons, allons, répondit Gabrielle. J'ai bien remarqué l'amitié qui te lie à Delphine, tu sais, et ses amies sont mes amies maintenant que nous sommes sœurs.

– C'est exactement ce que Delphine m'a dit, se souvint Fauvette. Ce qui est à elle est à vous et vice-versa.

– Tu vois. Oh oui, je vais t'enseigner les belles manières, nous nous amuserons follement. Et nous allons commencer pas plus tard que tout de suite.

– Tout de suite ? Mais la réception, les invités, monsieur le comte, madame la marquise…

– Madame la comtesse, rectifia Gabrielle. Voilà pour la première leçon. Passons à la deuxième. Viens !

– Et Delphine ? demanda Fauvette en résistant aux tiraillements de Gabrielle.

– Elle est trop occupée à faire admirer son affr… son affolant rubis. Ne lui gâchons pas son plaisir. Et j'y pense tout à coup, si cette demeure est autant la sienne que la nôtre, pourquoi ne pas nous aussi jouer aux châtelaines ?

– Comment cela ? Nous n'avons pas de bijoux, nous.

– Tu n'as donc jamais entendu parler des feux d'artifice ?

– Je connais les feux de joie que l'on fait pour la Saint-Jean, répondit Fauvette pour montrer qu'elle n'était pas si ignorante que cela.

– Les feux de joie ? C'est bon pour les gueux, cela, répliqua Gabrielle avec une pointe de mépris. Non, les vraies demoiselles font des feux d'artifice, c'est bien connu.

– Je le savais, évidemment, s'empressa de préciser Fauvette, qui n'en savait rien du tout. Mais la nuit tombe et il fait si froid dehors.

– Justement les feux d'artifice se tirent la nuit et à l'intérieur, expliqua Gabrielle avec le plus grand sérieux.

– À l'intérieur ? s'étonna Fauvette. Ne devrions-nous pas demander la permission à monsieur le comte ?

Le visage de Gabrielle se déforma. Son menton se mit à trembloter et ses yeux s'emplirent de larmes.

– Après tous mes malheurs, je croyais avoir trouvé un vrai foyer et une famille aimante, bredouilla-t-elle en s'efforçant de retenir ses sanglots. Mais je vois bien qu'on me considère comme une étrangère, une invitée au mieux. Je n'ai pas même le droit d'agir ou de me déplacer dans le château sans permission. Je voulais faire une surprise à tout le monde et voilà qu'on me l'interdit. Delphine seule est vraiment chez elle et peut se pavaner. N'en parlons plus.

– Oh, non, ne pleurez pas mademoiselle, dit Fauvette embarrassée. Vous êtes désormais chez vous ici, vous le savez. Et si vous voulez faire une surprise à tout le monde, je vous y aiderai, bien entendu.

– Malgré toutes les méchancetés que je t'ai dites, tu veux quand même être mon amie ! s'extasia Gabrielle. Dieu, que je t'avais mal jugée, ma pauvre Fauvette ! Je me le reproche bien aujourd'hui.

– C'est de cela qu'il ne faut plus parler, décréta résolument Fauvette. Alors, en quoi consiste au juste un feu d'art et fils ?

Un quart d'heure plus tard, Fauvette et Gabrielle revinrent dans le grand salon. Personne n'avait remarqué leur absence et personne ne fit attention à leurs messes basses et leur petit rire complice. Fauvette dissimulait quelque chose dans ses mains et Gabrielle la poussa vers la cheminée où de grosses bûches flambaient.

– À toi l'honneur, lui chuchota-t-elle avant de reculer jusqu'au fond de la pièce.

Fauvette sentit son cœur accélérer en pensant à la tête qu'allaient faire les invités devant le beau feu d'artifice ; combien Gabrielle se montrait gentille de lui laisser le privilège de le tirer ! Elle se dit qu'elle aussi l'avait mal jugée. Elle prit une profonde inspiration et jeta dans les flammes ce qu'elle tenait dans les mains. Il s'agissait d'une poudre blanche qui d'après Gabrielle allait en surprendre plus d'un.

La surprise fut de taille en effet ! Dès que la poudre eut touché les flammes, elles triplèrent de volume d'un coup, les bûches explosèrent et des morceaux de charbon fusèrent de toute part. Les fenêtres furent soufflées sous le choc puis un épais nuage de cendre envahit le grand salon. Fauvette se retrouva grise de la tête aux pieds en un instant, et elle ne fut pas la seule touchée. Tous les invités eurent brusquement l'air de fantômes et la mariée ressembla soudain à une espèce de spectre sorti des enfers. Des hurlements retentirent, entrecoupés de quintes de toux.

Une panique générale s'ensuivit. Tout le monde se précipita dehors en même temps. Certains tombèrent par terre et les autres, aveuglés et épouvantés, leur marchèrent dessus sans les voir. Lorsque la cendre se fut quelque peu dissipée, le comte de Renvers observa les dégâts. Il était temps : des braises incandescentes avaient enflammé un tapis et le comte l'éteignit avec l'eau des vases avant que le feu ne se propage.

Le lendemain matin, debout devant le comte et la comtesse de Renvers, les yeux gonflés par les larmes qu'elle avait versées toute la nuit, Fauvette n'en menait pas large. Delphine et Gabrielle n'avaient pas été autorisées à assister à l'entretien, et cachées derrière la porte du bureau du comte, elles écoutaient l'oreille collée au battant et le souffle court. Curieusement, Gabrielle avait l'air plus inquiète que Delphine.

– Voilà bien l'ingratitude des manants, fulmina la comtesse. On les invite à nos fêtes et ils en profitent pour attenter à nos vies. Je n'ai pas voulu faire de scandale et j'ai accepté que cette servante assiste à mon mariage, mais Dieu sait que je craignais le pire, et ô combien j'avais raison de le craindre !

Fauvette tremblait si fort qu'on pouvait se demander comment elle tenait encore debout. Elle avait la tête si baissée que le comte et la comtesse ne voyaient plus que le sommet de son bonnet et sa voix était à peine audible.

– Je ne savais pas… je croyais… je suis désolée…

– Ah et cesse de jouer les nigaudes ! cria la comtesse en la faisant sursauter. Tu vas chercher du salpêtre dans la cave, tu le lances dans les flammes et tu prétends ne pas savoir ce qui en résulterait ?

– Je croyais faire un feu d'artifice…

– Un feu d'artifice ? hurla la comtesse. Ah oui, beau feu d'artifice en vérité !

– J'ai du mal à saisir tes intentions, dit le comte qui contenait mal sa colère. Tu voulais tirer un feu d'artifice ? Dans une maison ? Sais-tu au moins ce qu'est un feu d'artifice ?

Fauvette secoua vigoureusement la tête.

– Non, monsieur le comte.

– Menteuse ! lança la comtesse en pointant un doigt accusateur. Tu veux tirer un feu d'artifice sans savoir ce que c'est ? C'est un peu fort, tu ne trouves pas ?

Fauvette n'osa pas parler de Gabrielle. Elle aurait eu l'impression de la trahir. Après tout, Gabrielle avait peut-être confondu les feux d'artifice avec autre chose.

– Peut-être est-ce tout simplement une erreur de jeunesse, suggéra le comte. Connaissais-tu les effets du salpêtre mélangé au charbon de bois, Fauvette ?

– Oh non, monsieur le comte, je jure bien que non, déclara Fauvette en trifouillant nerveusement son tablier.

– Une erreur de jeunesse ! éructa la comtesse en arpentant la pièce comme une bête furieuse. Décidément, vous êtes trop indulgent ou trop naïf, Hervé.

– Convenez, Jeanne, qu'une fillette est rarement instruite de la composition de la poudre à canon, dit le comte.

En entendant ces mots, Fauvette faillit s'évanouir. De la poudre à canon !

– Allons donc ! fit la comtesse. De nos jours elles savent tout, croyez-moi. Prenez ma fille Gabrielle par exemple. Elle est plus jeune que cette petite et elle le sait pertinemment. Mon deuxième mari est mort dans une explosion de salpêtre avec deux de ses ouvriers, un jour qu'il faisait gratter les murs de notre cellier qui en étaient couverts, et elle n'aurait jamais commis une telle imprudence.

Fauvette eut l'impression d'être giflée en plein visage. Elle venait de tout comprendre.

– Quel méchant tour, murmura-t-elle tout bas.

– Tu avoues enfin, triompha la comtesse, qui l'avait clairement entendue. Devant les preuves qui t'accablent, tu ne peux guère faire autrement, n'est-ce pas ? À présent, tu espères notre pardon, j'imagine. Eh bien n'y compte pas trop, ma petite. C'est le fouet qui t'attend. Parfaitement, le fouet ! Dix coups pour chaque personne que tu as effrayée et souillée hier soir.

– Mais madame, il y avait cinquante invités hier, s'écria Fauvette épouvantée.

– Et cent coups pour moi qui ai eu la bonté de te laisser soutenir ma traîne, ajouta la comtesse sans fléchir.

Fauvette s'écroula à genoux et éclata en sanglots.

– Non, intervint énergiquement le comte. Non, Jeanne, je ne tolérerai pas ces pratiques sous mon toit. N'aie crainte, Fauvette, tu ne seras pas fouettée. Cela étant, tu as commis un acte grave qui aurait pu avoir des conséquences désastreuses et qui ne saurait demeurer impuni. Je te condamne à nettoyer le grand salon toute seule depuis le plafond jusqu'au sol. Je t'interdis seulement de toucher aux vitres brisées, mais tu astiqueras les nouvelles. Tu laveras également mon uniforme, les robes de Delphine, de Gabrielle et de madame la comtesse, mon épouse. Tu n'adresseras la parole à personne et nul n'aura le droit de te parler tant qu'il restera une trace de cendre dans ce salon. Va !

Fauvette se releva péniblement et sortit, le pas traînant et les épaules avachies. Le plus affligeant pour elle n'était pas les longues et tristes journées de travail que tout cela représentait, mais le fait qu'elle ne pourrait plus parler à personne. Elle aurait tant aimé se confier à Delphine et demander de sérieuses explications à Gabrielle.

En sortant du bureau, elle entendit les pas précipités de ces dernières dans les escaliers. Elle comprit alors qu'elles avaient écouté à la porte et que Gabrielle ne viendrait jamais rétablir la vérité.

Chapitre 6
La broche

Un mois s'était écoulé depuis le mariage. Le grand salon avait été entièrement remis en état et l'effroyable épisode du salpêtre n'était plus qu'un lointain souvenir, mais Fauvette préférait ne plus avoir affaire à Gabrielle, ce qui était difficile car elle et Delphine ne se quittaient plus. La comtesse avait décidé un beau matin de s'occuper personnellement de l'éducation de Delphine, les choses devant être sérieusement reprises en main d'après elle. Au grand désespoir de Delphine, le comte l'approuva sans réserve.

– J'ai été trop négligent, avait-il déclaré. Une femme vous servant d'exemple, voilà ce qu'il vous manquait, Delphine. Mesurez la chance que vous avez d'avoir une belle-mère si soucieuse de votre avenir.

La comtesse engagea des précepteurs et des professeurs de maintien. Il est vrai qu'à côté de Gabrielle, Delphine faisait pâle figure avec ses allures de campagnarde. Elle devait travailler dur pour rattraper son retard. Bien entendu, plus question pour elle de chevaucher tous les matins, déguisée en garçon, et Général fut prié de rester sagement aux écuries. À la place, vêtue du même genre de robes que Gabrielle, Delphine apprenait à marcher, un livre en équilibre sur la tête. Gabrielle était particulièrement douée pour l'exercice, qu'elle pratiquait depuis des années, mais Delphine, qui arrivait à grand-peine à maintenir le livre au sommet de son crâne en restant immobile, le recevait immanquablement sur le nez dès qu'elle faisait un pas. Il lui paraissait impossible de penser à la robe, aux chaussures à talons, au port de tête et au livre, le tout en même temps.

– Plus haut la tête, commandait monsieur de la Tour-Guindée, son professeur de maintien. Les épaules en arrière, le menton dégagé, le ventre rentré, les pieds droits. Vos pieds, mademoiselle !

Il était vieux, tout sec et tout flétri, imbu de sa personne et ennuyeux à mourir. Il possédait un long bâton en bois vernis qu'il tenait du bout des doigts et avec lequel il frappait le sol en rythme.

– Une, deux, une, deux, vos pieds mademoiselle, vos pieds !

Delphine aurait bien aimé pouvoir lui jeter son livre à la figure et lui briser son bâton sur le crâne, mais elle se dit que ce n'était certainement pas le genre de choses qu'une demoiselle pouvait se permettre. Ce qui était bien dommage.

Les après-midi se passaient désormais à étudier les différentes familles de la noblesse, la cour du roi, et l'art des potins et des conversations creuses sans bâiller, avec madame de Revêche, une baronne aussi laide que pompeuse. Gabrielle adorait se mettre en scène dans différentes situations. Comment boire son thé avec distinction, comment parler d'un livre que l'on n'avait pas lu, comment flatter un courtisan mieux placé que soi et dont on attendait un service, constituaient ses sujets préférés. Delphine n'y voyait, quant à elle, aucun intérêt si ce n'était celui de mourir d'ennui à brève échéance.

– Mais c'est très important, insistait Gabrielle sous le regard attendri de madame de Revêche. Comment veux-tu trouver un bon parti sinon ?

Trouver un bon parti, le rêve absolu de Gabrielle.

Toute la semaine, Delphine attendait le dimanche avec impatience car, ce jour-là, elle pouvait enfin faire ce qu'elle voulait, après toutefois avoir rendu hommage aux invités de la comtesse, défilé devant tout le monde dans sa nouvelle robe, et été à la messe. C'était le seul jour où elle pouvait retrouver librement Fauvette et rendre visite à Général. Mais son enthousiasme retomba lorsque la comtesse décréta qu'une demoiselle ne devait pas chevaucher comme un garçon. Alors, Delphine entra en rébellion.

– Père, défendez-moi ! supplia-t-elle en déferlant dans son bureau sans se soucier de la position de ses pieds ou de son port de tête.

Le comte était en grande conversation avec son maître d'hôtel Barrois.

– Tous ces cours de maintien pour un si piètre résultat, se désola la comtesse en entrant à son tour. Mon Dieu, que vont penser nos invités ? Oh, mais vous êtes occupé, Hervé, ajouta-t-elle en apercevant Barrois. Venez, Delphine, nous reviendrons plus tard.

– Restez, dit le comte. Nous avions fini. Merci, Barrois, je verrai ce que je peux faire.

– Monsieur le comte, madame la comtesse, dit Barrois en s'inclinant.

La comtesse le regarda sortir d'un air intrigué. Elle n'eut cependant pas l'occasion de demander ce que le comte entendait par « je verrai ce que je peux faire », car celui-ci reprit la parole.

– Peu m'importent vos invités, Jeanne, si Delphine est en danger. Allons, mon enfant, dites-moi tout. De quoi ou de qui dois-je vous défendre ?

– De moi, répondit la comtesse avant Delphine. Oui, vous avez parfaitement entendu, Hervé, c'est moi le monstre qui terrorise votre fille, je plaide humblement coupable.

– Elle ne veut pas que je monte à cheval, expliqua Delphine. Ce cheval que vous m'avez offert, père, pour que j'apprenne justement à chevaucher.

– Nous ne payons pas une fortune un professeur de maintien pour que vous alliez ruiner tous nos sacrifices en vous déformant les jambes sur cet animal qui, dois-je le rappeler, a déjà failli vous tuer, vous et votre sœur Gabrielle.

– L'équitation ne déforme pas les jambes, c'est ridicule, dit Delphine.

– Monsieur de la Tour-Guindée m'a rapporté que vous ne saviez pas marcher, cependant, répliqua la comtesse.

– Je sais marcher depuis l'âge de un an, précisa Delphine.

– J'entends : marcher comme il sied à une jeune fille de votre rang, répondit la comtesse agacée. Allons, soyez raisonnable, Delphine, je ne songe qu'à votre bien, vous le savez. Je sais combien il vous en coûte et je compatis, croyez-le, mais vous devez renoncer à ce cheval.

– Jamais ! décréta Delphine d'un ton sans réplique.

– Je vois qu'aucune de vous ne cédera, je dois donc trancher cette affaire, intervint le comte. Delphine, votre belle-mère sait de quoi elle parle en matière de jeune fille et de rang. Laissez-moi finir avant de vous braquer encore. Jeanne, j'ai offert ce cheval à ma fille car j'ai songé qu'il serait un excellent compagnon. Elle l'adore et je n'aurai pas la cruauté de le lui retirer aujourd'hui.

– Hervé, je sais que vous aimez également vos promenades avec votre fille et il n'est nullement dans mes intentions de lui interdire ce plaisir, dit la comtesse en souriant de toutes ses dents. Moi-même, je goûtais fort l'équitation dans ma jeunesse. Je ne vois aucune objection à ce qu'elle continue…

Delphine crut qu'elle avait mal entendu, mais la comtesse n'avait pas fini :

– … à la condition toutefois qu'elle utilise une selle d'amazone. Tenez, j'y pense tout à coup, j'ai conservé la mienne et la lui offre de grand cœur en signe de réconciliation.

La comtesse avait fait un gros effort, et Delphine n'eut pas d'autre choix que d'accepter. La monte en amazone n'était après tout pas si désagréable que cela une fois qu'on y était habitué, mais elle aurait préféré continuer à galoper comme un garçon.

Trois semaines plus tard, monsieur de la Tour-Guindée admit que Delphine ne marcherait jamais comme une grande dame. Delphine crut qu'il la laisserait tranquille, mais monsieur de la Tour-Guindée n'en avait pas fini avec elle.

– Maintenant que nous savons à peu près marcher, nous allons apprendre à danser, annonça-t-il avec emphase, tandis que la neige de décembre commençait à voltiger derrière les fenêtres. Madame la comtesse donne un bal pour Noël, cela nous laisse deux semaines devant nous.

– C'est deux semaines de trop, je sais déjà danser, assura Delphine. Je danse toujours aux fêtes du village.

– Mmm, oui, fit monsieur de la Tour-Guindée avec un sourire sceptique. Et quelles sortes de danses pratique-t-on dans ces contrées sauvages ?

– La ronde, la farandole, la bourrée, répondit Delphine avec enthousiasme.

Monsieur de la Tour-Guindée eut un petit rire dédaigneux.

– Il ne s'agit pas ici de bondir comme des sauterelles au son d'un tambourin, mais de danser, mademoiselle. Dieu du ciel ! Madame la comtesse m'avait mis en garde en me disant qu'il ne serait pas facile de faire de vous une jeune fille accomplie, mais je ne m'attendais certes pas à cela.

Il extirpa un mouchoir de dentelles de sa manche et s'épongea le front.

– J'en ai cependant maté de plus récalcitrantes et, croyez-moi, je saurai transformer le vilain petit veau en un cygne noble et majestueux. Nous commencerons par le menuet. En place, mesdemoiselles… Tiens, où est mademoiselle Gabrielle ?

La porte s'ouvrit à cet instant et Gabrielle entra d'un pas précipité, les deux mains plaquées sur le ventre. Elle était rouge et essoufflée. Ses cheveux d'ordinaire impeccables étaient tout décoiffés.

– Quelle mise, mademoiselle, s'étonna monsieur de la Tour-Guindée. Seriez-vous souffrante, que vous tremblez comme une feuille ?

– Non, non, bredouilla Gabrielle en s'asseyant comme elle en avait pris l'habitude pour regarder Delphine s'escrimer à faire tenir son livre sur sa tête.

– Relevez-vous alors et réjouissez-vous, nous commençons les cours de menuet aujourd'hui. Madame la comtesse m'a affirmé que vous le dansiez merveilleusement, ainsi pourrez-vous me seconder et aider cette pauvre demoiselle Delphine qui n'y comprend goutte. Nous avons deux semaines pour en faire une danseuse émérite. Un défi de taille s'il en est, mais que nous relèverons vaillamment.

Un pas résonna dans le couloir et la porte se rouvrit brusquement. C'était Barrois.

– Faites excuse. J'ai surpris un intrus en train de voler dans la chambre de madame la comtesse et…

– Un voleur ! s'exclama Delphine une main sur le cœur. Dans le château !

– N'ayez crainte, mademoiselle, mes forces ne sont plus ce qu'elles étaient et j'ai malheureusement perdu sa trace, mais je saurai bien le retrouver, allez.

– Heu… l'avez-vous vu ce voleur ? questionna Gabrielle dont le teint était devenu livide.

– Hélas, mes vieux yeux ne valent guère plus que mes forces, il fait sombre en cette saison et je n'ai aperçu dans le couloir qu'une ombre furtive qui s'enfuyait dans un bruissement d'étoffe.

– Et… et qu'a volé cet intrus dans la chambre de ma mère ? questionna Gabrielle en retrouvant peu à peu ses couleurs.

– Je m'exprime mal, pardon, répondit Barrois. Lorsque je parlais de la chambre de madame la comtesse, je voulais dire la première comtesse de Renvers.

– Ma mère, comprit Delphine, et ses yeux s'emplirent de larmes.

– Je suis au regret de vous apprendre que la broche en diamants que monsieur le comte lui avait offerte le jour de leur mariage a disparu, dit Barrois.

– Comment peut-on profaner ainsi sa chambre ? se demanda Delphine au comble de la stupeur. Si mon père l'apprend !

– Il le sait, mademoiselle, dit Barrois. Ce n'est pas la première fois qu'un vol est commis dans ce château. Plusieurs petits objets ont disparu depuis quelque temps, dont beaucoup appartenaient à votre pauvre maman. Monsieur le comte m'a chargé de découvrir le scélérat qui se croit autorisé à se servir impunément.

– Eh bien il n'est pas là, intervint monsieur de la Tour-Guindée. Comme vous le voyez, il n'y a que moi et mes deux élèves dans cette pièce et personne ne serait venu s'y cacher sans qu'on le voie.

– Excusez-moi encore du dérangement, dit Barrois avant de se retirer, et ne vous inquiétez pas, mademoiselle Delphine, je vous jure que je retrouverai le voleur, ce n'est qu'une question de temps. Et ce jour-là il aura à répondre de ses actes devant monsieur le comte…

Delphine lui adressa un regard plein de reconnaissance. Bien qu'ayant repris son souffle, Gabrielle semblait toujours aussi fiévreuse.

– Je comprends votre émoi, mesdemoiselles, reprit monsieur de la Tour-Guindée, mais comme on dit, rien de mieux que la danse pour nous faire oublier la noirceur de l'âme humaine.

Il frappa trois coups secs avec sa longue canne.

– Mademoiselle Delphine, mademoiselle Gabrielle, en place pour le menuet, s'il vous plaît.

– Je… je dois me lever ? dit Gabrielle les yeux écarquillés.

– Dame, c'est en général la bonne position pour danser, sourit monsieur de la Tour-Guindée.

– Mais c'est que… haaargghhh !

Gabrielle se plia en deux, les mains toujours fermement plaquées contre le ventre.

– Gabrielle, tu es malade ! s'écria Delphine en se précipitant. Cette histoire de vol t'a bouleversée.

– Nous allons appeler, dit monsieur de la Tour-Gunidée en attrapant une clochette sur la table.

– Inutile, l'arrêta Gabrielle. Un simple coup de froid. Je ne voulais pas vous affoler. Ce ne sera rien. Il faut juste que je me repose un instant dans ma chambre.

– Je t'accompagne, décida Delphine en voulant la soutenir.

– Non, je m'en voudrais de te faire manquer un cours de cette importance, répondit Gabrielle. Reste, je t'en prie. Et ne me touche pas, cela me fait encore plus mal.

– Laissez-moi au moins prévenir madame la comtesse, dit monsieur de la Tour-Guindée. Elle vous fera monter un bouillon.

– Merci beaucoup, monsieur, fit Gabrielle d'une petite voix de douleur. J'espère être remise demain pour vous seconder dans la rude et ingrate tâche qui vous incombe.

– Cette jeune fille est le courage personnifié, commenta monsieur de la Tour-Guindée une larme à l'œil.

Delphine demeura triste et inquiète. Elle songeait au misérable qui avait osé voler cette broche que sa mère aimait tant ; il n'en était pas à son premier exploit, d'après Barrois, et elle se demandait s'il aurait l'audace de recommencer. Son esprit était aussi avec Gabrielle : elle espérait que son malaise n'avait rien de sérieux. Avec tout cela, le menuet passa au troisième plan. À la fin du cours, qui s'avéra désastreux, monsieur de la Tour-Guindée acquit l'intime conviction que son élève, chose rare, combinait la cervelle de la sauterelle avec la grâce du veau.

Une heure plus tard, Gabrielle était complètement remise. Elle descendit déjeuner comme de coutume et de très bon appétit, mais jugea plus sage de retourner ensuite dans sa chambre et de s'occuper de ses poupées, qu'elle avait négligées ces derniers jours. Delphine se retrouva seule face à madame de Revêche pour trois heures et demie de cours sur la manière de s'asseoir selon qu'il s'agissait d'un banc, d'un fauteuil ou d'une chaise.

Chapitre 7
Le chocolat

Delphine adorait Noël. C'était pour elle la plus heureuse période de l'année. Il y avait toujours un réveillon joyeux et une messe à minuit, beaucoup plus excitante que celle du dimanche parce qu'on y allait la nuit en portant des lumignons et qu'il y avait une crèche vivante, des agneaux tout doux et de jolis chants. On se couchait très tard et tous les enfants recevaient des friandises.

Cette année, la fête serait d'autant plus belle qu'il y aurait bal au château de Renvers. Delphine redoubla d'efforts pour apprendre le menuet afin d'amadouer monsieur de la Tour-Guindée. Elle tenait à participer à la préparation de la fête, et pour ce faire elle avait besoin de tout son temps libre plusieurs jours avant Noël. Par chance, madame de Revêche prit des vacances et rejoignit sa famille qui habitait à l'autre bout du pays. Delphine aurait dû plaindre ces pauvres gens qui ne méritaient certainement pas un tel cadeau, mais elle était trop heureuse d'être débarrassée de l'ennuyeuse baronne. Monsieur de la Tour-Guindée, lui, n'avait plus de famille. Il resterait au château pour les fêtes. Heureusement, le comte de Renvers embaucha Delphine et Gabrielle à plein temps dès le 20 décembre pour prêter main-forte à la décoration et aux cuisines, au grand désarroi de monsieur de la Tour-Guindée qui prédit une catastrophe pendant le bal. Il ne croyait pas si bien dire, il se trompait juste sur la nature de la catastrophe.

Delphine s'amusa follement durant cette période. Avec Fauvette, elle travaillait du matin au soir, accrochant des guirlandes, composant des bouquets de fleurs séchées pour la salle de bal ou transportant des fourchées de paille pour la crèche dans la chapelle. Général fut mis à contribution. C'est lui qui tirait la charrette de paille. Delphine et Fauvette ne lésinèrent par sur les quantités et monsieur le curé fut contraint de demander au comte de mettre le holà quand il vit sa chapelle envahie de bottes de paille. Il n'arrivait plus à accéder à l'autel.

Priées d'aller en cuisine, Delphine et Fauvette se firent embaucher comme commis. Mais là encore, elles finirent par se faire renvoyer. Il faut dire qu'elles passaient le plus clair de leur temps à tremper leurs doigts dans les sauces, confectionner des escargots en mie de pain et lécher les casseroles des entremets, en laissant brûler les potages qu'elles devaient surveiller.

– Laissons-les finir, dit Delphine en entendant la porte de la cuisine claquer dans son dos. Ils devraient s'en sortir sans nous pour ce qu'il reste à faire. Bien, la crèche est terminée, le repas aussi, que nous reste-t-il ?

– La décoration de la salle de bal, suggéra Fauvette.

– Ta mère a jugé qu'il y avait assez de fleurs comme cela, lui rappela Delphine, et elle nous a interdit de monter aux échelles pour accrocher les guirlandes du plafond.

– C'est étrange, j'ai parfois l'impression qu'elle ne nous fait pas confiance, pensa Fauvette tout haut.

– Allons voir ce que fait Gabrielle, proposa Delphine.

Fauvette eut une grimace septique.

– M'est avis qu'elle choisit sa toilette et ses bijoux pour le bal, ce soir. Voilà trois jours qu'on ne l'a pas vue, bien que monsieur le comte ait désiré vous voir toutes les deux travailler aux préparatifs.

– Tu es injuste, lui reprocha Delphine. Tu sais bien qu'elle ne peut sortir dans la neige et le froid sans risquer une pneumonie et qu'un trop gros effort pourrait la faire rechuter dans cette terrible maladie qui l'a prise l'autre jour.

– C'est ce qu'elle prétend, mais elle ne m'a jamais paru si fragile que cela à moi, répliqua Fauvette.

– Tu n'étais pas là ce fameux jour, dit Delphine avec un frisson d'effroi. On l'aurait vraiment crue à l'article de la mort.

Fauvette ne voulut pas insister. Elle songea cependant qu'elle et Delphine en venaient toujours à se disputer dès qu'il s'agissait de Gabrielle.

Fauvette avait vu juste. Dans sa chambre, courant d'une robe à l'autre, essayant vingt paires de chaussures, changeant dix fois de coiffure, Gabrielle ne semblait pas le moins du monde trop faible pour choisir sa toilette de bal, et aucune pneumonie n'entravait sa voix pour crier sur ses servantes. Elle arrêta ses gesticulations en voyant les deux autres entrer.

– Qu'en dis-tu, Delphine ? La robe rose ou la bleue ? Mère préfère la rose, qui sied à mon délicat teint de pêche, mais la bleue fait ressortir le saphir unique de mes yeux. Cela dit, une verte conviendrait mieux à l'ébène profond de mes cheveux. Dieu qu'il est difficile de s'habiller quand tout vous va ! Quelle chance tu as de ne pas avoir tous ces soucis, toi. Oh, puisque tu es là, rends-toi utile, Fauvette. Mes colliers, vite, vite, que je me décide avant ce soir.

Fauvette leva les yeux au ciel et se dirigea vers les coffres à bijoux de Gabrielle. Celle-ci en possédait deux énormes, l'un décoré de nacre l'autre de ferrures d'or. Fauvette allait ouvrir le nacré quand Gabrielle lui bondit dessus et lui asséna un coup de poing sur le bras.

– Mes colliers sont dans l'autre, imbécile ! hurla-t-elle en emportant son coffre nacré à l'autre bout de la pièce comme s'il renfermait le trésor des Templiers.

Fauvette eut du mal à retenir ses larmes tant le coup avait été violent.

– Il est inutile de t'emporter de la sorte, Gabrielle, dit Delphine interloquée. Cette pauvre Fauvette ne pouvait pas savoir.

– J'interdis que l'on touche à ce coffret, répliqua Gabrielle en l'enfouissant dans sa table de chevet. Il contient mes plus précieux bijoux de famille et je te rappelle qu'un voleur rôde toujours dans les environs. Ce Barrois me semble un piètre policier qui cherche dans la mauvaise direction. Je vais lui signaler qu'une certaine servante s'autorise à fouiller dans mes affaires. Alors, qu'as-tu à dire pour ta défense, Fauvette ?

– Mais c'est mademoiselle qui m'a demandé de prendre ses colliers, bredouilla Fauvette qui ne put retenir ses larmes plus longtemps.

– Je ne t'ai pas pour autant permis de te servir au passage, rétorqua Gabrielle.

– Fauvette n'est pas une voleuse, j'en réponds, intervint Delphine avec force.

– C'est à nos parents d'en juger, répondit froidement Gabrielle. Nos parents que je vais de ce pas prévenir. Et en attendant, je dis que cette intrigante ne mettra plus un pied chez moi.

Elle tendit un doigt vers la porte et lança d'un ton théâtral :

– Sors !

– Si c'est cela, je m'en vais aussi, décréta Delphine, et ne reviendrai que lorsque Fauvette y sera également admise.

Mirabelle aida Delphine à se préparer pour le bal. Elle était si nerveuse qu'elle lui enfila sa robe à l'envers.

– Une nouvelle mode, sans doute, sourit Delphine. J'ai bien peur qu'elle ne soit pas du goût de la comtesse, ma belle-mère.

– Pardon, s'excusa Mirabelle. C'est la grave accusation à l'encontre de ma petite Fauvette qui m'a toute retournée.

– Et ma robe avec, plaisanta Delphine bien que ce ne soit apparemment pas le moment. Ne t'en fais pas, Mirabelle, dit-elle en lui prenant les mains. J'intercéderai auprès de mon père. Il connaît Fauvette depuis toujours et sait que ces accusations sont sans fondement. Il saura convaincre son épouse.

– Je peux espérer, alors ! s'écria Mirabelle soulagée. Espérer que Fauvette ne sera pas accusée à tort.

– Compte sur moi, assura Delphine.

Mais elle était à mille lieues d'imaginer que le salut viendrait d'une autre personne. En fait, de la dernière personne à laquelle elle aurait pensé.

– Ma chère Delphine, s'exclama la comtesse quand la fillette descendit une fois sa robe remise dans le bon sens. Que vous voilà bien mise ! Cette robe dorée vous va à ravir. Vous allez rendre toutes ces dames jalouses et moi la première.

Delphine fut quelque peu déstabilisée par cet accueil si chaleureux. Gabrielle était descendue depuis longtemps et elle avait certainement déjà lancé son accusation. Delphine remarqua qu'elle se tenait derrière sa mère et qu'elle avait l'air mal à l'aise.

Sans doute ressentait-elle au fond de son cœur cette sorte de culpabilité qui ronge souvent les délateurs.

– Allons, Gabrielle, poursuivit la comtesse. Venez faire compliment à votre sœur. Ne dirait-on pas un ange tombé du ciel ? Eh bien, quelle mine renfrognée vous nous offrez toutes les deux. Est-ce là le visage que vous réservez à nos invités ? Moi qui croyais vous faire une belle surprise avec ce bal, me voilà prise à mon propre piège, car la surprise est pour moi.

– Je vous demande pardon, madame, dit Delphine en s'inclinant. Rien ne saurait me faire plus plaisir que ce bal, n'en doutez pas, cependant il s'est passé quelque chose tantôt, quelque chose de grave et…

– N'allez pas plus loin, l'interrompit la comtesse. Je suis au courant. Gabrielle m'a tout avoué.

Delphine ne put réprimer un tressaillement. *Avoué ?*

– Cela vous étonne, à ce que je vois, sourit la comtesse de toutes ses dents. Oui, Gabrielle m'a avoué son emportement indigne d'une jeune fille de bonne famille et pour lequel je l'ai sévèrement réprimandée, n'en parlons donc plus. Elle m'a également fait part de ses soupçons, ajouta-t-elle en prenant un air ennuyé. Dieu sait que je réprouve le vol plus que tout et que je serais la première à réclamer justice auprès de mon époux si je découvrais qu'une servante, si dévouée soit-elle, se rendait coupable d'un tel forfait. Cela étant, il faut tenir compte des circonstances. Comme vous le savez, Gabrielle relève d'une terrible maladie et elle n'a pas encore recouvré toute la bonne humeur qui la caractérise. En fouillant dans ce coffre à bijoux sans y être invitée, Fauvette lui a infligé une grande peine. Je suis néanmoins persuadée que celle-ci ne pensait pas à mal et que, malgré ses manières grossières, elle n'est pas la voleuse que Barrois recherche. Il se trouve que je connais certains détails sur cette affaire. Détails fâcheux dont m'a fait part Barrois tout à l'heure et que nous communiquerons au comte seulement demain matin afin de ne pas gâcher la fête. Je ne peux vous les révéler, mais sachez seulement que Fauvette est entièrement hors de cause. Cette petite n'a pas reçu l'éducation qui convient à sa condition, voilà tout. Je tâcherai d'y remédier, s'il n'est pas trop tard. Lorsqu'on laisse trop de liberté aux petites gens, il en résulte toujours des troubles qui nous causent à nous de grands soucis. Gabrielle l'a très bien compris et lui pardonne de bon cœur, n'est-ce pas, Gabrielle ?

– Vous m'avez ouvert les yeux, mère, dit Gabrielle en s'approchant timidement. J'ai été injuste avec cette pauvre Fauvette et avec toi, Delphine, à qui je demande bien pardon. Et tu lui diras, n'est-ce pas ? Tu lui diras que je suis navrée et qu'elle ne me tienne pas rigueur de tout cela.

– Vous êtes notre sauveur, madame ma mère ! s'exclama Delphine en battant des mains. Vous avez tout arrangé en un rien de temps, c'est merveilleux. Viens, Gabrielle, allons trouver Fauvette tout de suite. Tu lui diras toi-même que tu es navrée. La pauvre est morte de frayeur et sa mère est aux cent coups.

– Ta, ta, ta, votre gentillesse vous égare, mesdemoiselles, une servante n'a pas à recevoir d'excuses, rectifia la comtesse en les retenant. Et maintenant que tout est arrangé et que mes filles sont réconciliées, place au bal ! D'ailleurs j'ai une autre surprise pour vous, mes chères enfants… mais, oh, ne seraient-ce pas les premiers carrosses, que j'entends arriver ?

Se demandant ce que pouvait bien être cette autre surprise, Delphine et Gabrielle accueillirent les invités en trépignant d'impatience.

Il leur fallut attendre que tout le monde soit arrivé. Puis, ce fut les interminables échanges de politesses où chacun y allait de son petit commentaire.

– Quelle joie de vous revoir !

– La marquise de Grosou entre encore dans cette vieille robe ?

– Il s'en passe de drôles à la cour, figurez-vous que Concini et la reine mère…

– Avez-vous entendu cette histoire à propos du duc de Vreycran ?

– Si loin dans nos provinces que voulez-vous qu'on entende ?

– Si vous saviez ce qu'il a fait à son propre cousin le marquis de Carambouille !

– Oh, par pitié, racontez-moi tout !

Ensuite il y eut les premières danses. La comtesse avait fait venir un orchestre complet. Au milieu de tous ces danseurs qui se croisaient et se recroisaient, Delphine fut surprise de trouver le menuet pas si ennuyeux que cela et même très amusant. Sans doute parce que monsieur de la Tour-Guindée ne pouvait pas la rabrouer à chaque pas. Adossé à un mur avec ses petits yeux de fouine, il ne perdait néanmoins rien de ce qui se passait sur le parquet et Delphine savait qu'il notait tout dans sa tête et qu'il la couvrirait de reproches sitôt les cours repris.

Delphine et Gabrielle n'avaient pas oublié la seconde surprise promise par la comtesse, et quand celle-ci demanda à l'orchestre de faire un peu de silence, elles poussèrent un *haaa !* de ravissement. La porte fut ouverte et Barrois entra avec un serviteur. Il portait un plateau chargé de tasses et le serviteur une espèce d'énorme théière fumante qui répandait la plus délicieuse odeur que Delphine eût jamais sentie. Une odeur qui titillait les papilles et faisait naître un large sourire sur les visages.

– Approchez, approchez, mes amis, dit le comte de Renvers en invitant tout le monde à le rejoindre autour d'une table. Mon épouse la comtesse vous a réservé la plus étrange des surprises. Vous n'êtes pas sans savoir que j'ai acquis voici quelques mois un navire marchand, le *Colombo*, qui vient de faire son premier voyage aux Amériques et en rapporte moult choses exotiques et denrées nouvelles. Ce qui va vous être servi ce soir est justement l'une de ces denrées étranges. Les sauvages de là-bas l'apprécient grandement, d'après le capitaine du *Colombo*, homme en qui je place toute ma confiance.

Il y eut quelques rires, mais la plupart des invités regardaient à présent la théière comme s'il allait en sortir un génie maléfique.

Gabrielle recula de trois pas et Delphine joua des coudes pour se hisser au premier rang.

Un *hooo !* de stupeur s'éleva quand Barrois remplit la première tasse. Le liquide sortant de la théière avait la couleur et la consistance de la boue, mais Delphine qui était la plus proche vit tout de suite que ce n'était pas de la boue. Une mousse onctueuse se format dans la tasse et le parfum qui s'en dégageait émerveillait les sens.

– Ceci, mes amis, s'appelle du chocolat, précisa le comte en montrant la tasse à la ronde sous les exclamations de surprise. Du cho-co-lat. Quel nom amusant, n'est-ce pas ? Oui, cela se boit, madame de Grosou. Alors, qui sera le premier à oser y goûter ?

Les gens se regardèrent, gênés. Les femmes se cachèrent derrière leurs éventails et les hommes affichèrent un air bravache. Malgré cela, aucun d'eux n'osait tenter l'expérience.

– Allons, insista le comte. Nous y avons ajouté un peu de sucre. N'y aura-t-il donc personne d'assez téméraire pour s'y risquer ?

– Hervé, je crois bien qu'il faudra vous porter volontaire pour cette périlleuse mission, dit la comtesse.

Et tout le monde rit avec soulagement.

– Ma foi, s'il en est ainsi… Au roi ! lança courageusement le comte en levant la tasse.

Puis il avala le breuvage d'un trait. L'assistance retint son souffle. Quand il eut fini, le comte reposa la tasse. Une fine moustache de chocolat était apparue au-dessus de ses lèvres et Delphine éclata de rire.

– Les sauvages ont raison, c'est réellement le nectar des dieux, commenta le comte avec gourmandise.

Voyant qu'il n'y avait aucun danger à boire du chocolat, tout le monde voulut y goûter. Gabrielle attendit fébrilement que Delphine ait bu avant de boire à son tour : le chocolat était peut-être aussi mauvais que le vin, seuls les adultes pouvant l'apprécier. Mais quand elle la vit s'extasier de joie et tendre sa tasse pour en avoir plus, elle se précipita.

– C'est injuste, se plaignit-elle. Je suis la fille de la maison et je n'ai pas de tasse.

C'était vrai. Les invités s'étaient emparés des tasses sans en laisser une seule. La théière se vidait rapidement. La marquise de Grosou en était déjà à sa quatrième tournée. Une sorte de frénésie parcourait l'assistance. Le chocolat avait conquis tous les palais et chacun enviait les Renvers d'avoir un bateau pour leur en rapporter du bout du monde.

Barrois envoya le serviteur chercher des tasses.

– Qu'il continue de servir, je m'en charge, dit la comtesse. Régalez-vous, mes amis, je reviens dans un instant.

Tout en surveillant le niveau du chocolat dans la théière, Gabrielle guetta le retour de sa mère, bien décidée à attraper une tasse au passage. Quand elle revint, la comtesse posa toutes les tasses qu'elle avait pu trouver sur la table, donna la plus grosse à Gabrielle qui trépignait autour d'elle, et prit la théière.

– Voilà, ma fille, dit-elle en lui remplissant généreusement sa tasse qui avait la taille d'un bol. Buvez vite pendant que c'est chaud.

Mais même froid, le chocolat restait délicieux. Quand tout le monde fut rassasié, il ne restait qu'un tout petit peu de chocolat au fond de la théière et deux tasses.

– Ce serait bête de jeter si bon breuvage, jugea la comtesse. Monsieur Barrois, et toi, fit-elle en désignant le serviteur, tenez, vous l'avez bien mérité !

Et elle leur servit elle-même le restant de chocolat. Barrois et le serviteur ne se firent pas prier et remercièrent madame la comtesse pour sa grande générosité. Le serviteur vida sa tasse goulûment et Barrois but à petites gorgées pour faire durer le plaisir. Il trouva au breuvage un goût plutôt aigre et se demanda pourquoi tout le monde s'extasiait pour si peu.

– Que t'arrive-t-il, mon bon Barrois ? sourit le comte en le voyant grimacer. Tu n'as pas l'air d'apprécier.

– C'est… c'est fort intéressant, monsieur le comte, répondit sobrement Barrois en se forçant à tout boire.

– Le palais des gens du commun n'est sans doute pas fait pour apprécier autre chose que la soupe de lard, dit la comtesse avec dédain. J'en viens à regretter de leur en avoir donné.

– Oh, mais pour sûr que j'aime le choca… le chalo… le cachalo, moi, madame la comtesse, minauda le serviteur. Si je puis me permettre, madame la comtesse est vraiment…

Mais madame la comtesse ne sut jamais ce qu'elle était vraiment, car à cet instant précis Barrois lâcha sa tasse qui se fracassa sur le sol, porta la main à sa gorge en ouvrant grande la bouche et vrilla sur lui-même avant de s'écrouler raide mort.

Chapitre 8

Une histoire du duc de Vreycran

Il va sans dire que le bal fut interrompu et que les festivités de Noël furent annulées cette année-là. La mort de son fidèle Barrois avait plongé le comte de Renvers dans une tristesse infinie. Il n'autorisa que la messe de minuit, qui prit des allures de deuil. Plus personne n'avait de toute façon la tête à la fête car Barrois était apprécié de tous dans le pays. La comtesse s'en voulait et se reprochait ce qui était arrivé.

– Vous n'y êtes pour rien, Jeanne, tenta de la réconforter le comte.

– Mais c'est moi qui ai voulu servir ce maudit chocolat lors du bal. C'est moi qui lui en ai servi.

– Si cela venait du chocolat, nous serions tous morts à l'heure qu'il est, dit le comte avec justesse. Non, le moment était venu pour Barrois. Je lui avais dit de prendre sa retraite, de se reposer, mais que voulez-vous, le brave vieux soldat était aussi têtu qu'une mule.

Le comte fut si affecté qu'il interdit que l'on touche à la chambre de Barrois. Celle-ci resta telle qu'il l'avait laissée et personne ne songea à y pénétrer.

Les mois d'hiver étaient les plus longs et les plus froids. La nature dormait et les oiseaux se taisaient, recroquevillés au fond de leur nid douillet. Les rayons pâlissants du soleil perçaient difficilement les nuages gris, la nuit tombait tôt. La neige bloquait les chemins et les routes, et le château de Renvers était pour ainsi dire coupé du reste du monde durant cette période.

L'hiver ne déplaisait pas à Delphine, bien au contraire. La chaleur qui manquait au-dehors réchauffait les cœurs au-dedans. Prisonniers du château, on se sentait plus proches les uns des autres, plus solidaires aussi pour affronter les rigueurs et le vent glacial. Le soir, on prenait le temps de bavarder autour d'une bonne flambée en attendant que les marrons cuisent, puis on se brûlait les doigts en les décortiquant. Mirabelle n'avait pas son pareil pour raconter les contes et les légendes du pays. Assises autour d'elle sur un petit banc, Delphine, Fauvette et Gabrielle l'écoutaient avec avidité. Il n'était pas rare qu'ensuite, au fond de son lit, Delphine se réveille en sursaut après avoir rêvé de farfadets, de fantômes ou de ces malheureux mordus par des loups et qui se transformaient en monstres les nuits de pleine lune. Mais elle n'aurait renoncé pour rien au monde à ses histoires du soir. Plus elles étaient effrayantes et plus elle les aimait.

– Toutes ces histoires font peur aux enfants, Hervé, se plaignit la comtesse au début de février. Vous devriez interdire à Mirabelle de les raconter.

– Bah, les enfants adorent avoir peur, c'est bien connu, répondit le comte. Moi-même je ne suis pas contre une bonne histoire de fantômes.

– Gabrielle est venue se réfugier toute tremblante dans ma chambre l'autre nuit après avoir entendu un loup hurler.

– Qu'elle se rassure, les loups sont plus poltrons que téméraires, rit le comte. Aucun d'eux ne s'aventurera jusque dans son lit pour lui chatouiller les orteils, à moins qu'il ne sache traverser les murs. Et si par extraordinaire il franchissait l'enceinte du château, nous lui réserverions bon accueil à coups de fourche. Elle peut dormir tranquille.

– Vous êtes grand et fort, mon ami, répliqua la comtesse. Mettez-vous à la place d'une petite fille qui croit ces balivernes de bonne femme. Non, il faut que cela cesse au plus vite. Du reste, il est plus convenable que Gabrielle et Delphine écoutent les histoires raisonnables de la société qui est la leur au lieu de ces bouffonneries de paysans aussi vulgaires que ridicules.

– Mais Mirabelle ne connaît pas ce genre d'histoires, objecta le comte.

– Laissez-moi faire, j'ai ma petite idée, répondit la comtesse d'un air mystérieux.

C'est ainsi que le soir-même Delphine et Gabrielle trouvèrent la comtesse à la place de Mirabelle sur le banc devant la cheminée du petit salon.

– C'est désormais moi qui vous conterai votre histoire du soir, expliqua la comtesse avec son plus charmant sourire. Je nous ai fait décortiquer des marrons chauds, ainsi, finis, les doigts brûlés ! Et… j'ai du chocolat !

– Quelle joie ! s'écria Gabrielle en s'installant.

Delphine resta debout. En dehors du fait qu'elle préférait faire cuire et décortiquer elle-même ses marrons, la vue du chocolat lui rappelait la mort de Barrois. C'était encore trop tôt. Mais autre chose l'ennuyait davantage.

– Où est Mirabelle ? demanda-t-elle.

– Elle range la chambre de Gabrielle et bassine son lit, répondit la comtesse, dont le sourire s'était figé.

– Ah, tant mieux, fit Gabrielle ravie. J'ai toujours froid quand je me couche.

– Mirabelle est à mon service, rappela Delphine.

– Ne soyez pas égoïste, Delphine, la réprimanda la comtesse. Vous êtes habituée aux rudes hivers paysans, vous. Songez que c'est le premier de votre sœur et vous savez pertinemment que la chère enfant est de santé fragile.

Delphine aurait aimé faire remarquer que Gabrielle était arrivée avec ses trois servantes personnelles, mais elle préféra demander :

– Et où est Fauvette ?

Fauvette ne manquait jamais une histoire, elle non plus.

– Je l'ai envoyée aux cuisines plumer et vider un canard pour notre déjeuner demain, expliqua la comtesse.

– Mmm, j'adore le canard rôti, déclara Gabrielle en se frottant les mains.

– Ainsi, Delphine, comme vous le voyez, tout le monde est à sa place, sauf vous, reprit la comtesse en tapotant le banc. Allons, venez près de moi, il est grand temps que l'histoire commence.

Delphine s'assit à contrecœur. À son avis, toutes les histoires de la comtesse ne vaudraient jamais celles de Mirabelle. Elle fut cependant bien attrapée car cette première histoire se révéla passionnante.

– Je vais vous parler du duc Paul-Henri de Vreycran qui perdit son honneur pour satisfaire ses caprices. On m'a raconté cette histoire il y a peu et, contrairement aux élucubrations des servantes, elle est tout ce qu'il y a de plus authentique. Or donc, Paul-Henri de Vreycran était un homme d'une cinquantaine d'années. Il appartenait à la plus vieille noblesse du royaume, la vraie, celle qui se gagne en versant son sang et non en intriguant dans les salons.

– La même que la nôtre, l'interrompit Gabrielle avec fierté.

– Celle-là même, ma chère fille, répondit la comtesse avec un large sourire, mais cessez de m'interrompre à tout propos, sinon vous ne connaîtrez jamais la suite. Comme tous ses ancêtres, le duc de Vreycran avait vaillamment fait briller son nom au firmament du courage et de l'honneur, montant à l'assaut en première ligne sur les champs de bataille et luttant seul contre trois. Partout le nom des Vreycran était synonyme de bravoure, de droiture et d'honnêteté. Mais un beau jour la folie le prit et il fit une chose épouvantable.

La comtesse se tut et afficha un air mystérieux.

– Que fit-il ? Que fit-il ? s'écria Gabrielle en trépignant d'impatience.

Delphine avait elle aussi très envie de le savoir, mais elle aurait eu l'impression de trahir Mirabelle et Fauvette en le demandant. Elle avait décidé qu'elle se tairait jusqu'au bout. La comtesse remarqua cependant qu'elle paraissait aussi curieuse que Gabrielle.

– Il commit un meurtre, asséna-t-elle sur un ton dramatique. Un meurtre ignoble, oui, mes chères petites, répéta-t-elle devant l'expression d'effroi de Delphine et Gabrielle. Il avait un fils du nom de Philippe, qui représentait sa seule joie sur terre depuis la mort de sa femme et qui naquit le même jour que notre bon roi.

– Tout comme moi ! s'exclama Delphine en oubliant sa promesse de se taire.

– Mais là s'arrête la ressemblance, reprit la comtesse, car comme il arrive parfois dans les familles les meilleures, le fils se révéla très vite fainéant, voleur et tricheur. À cinq ans il dérobait de la nourriture, à sept il vola de l'or dans la cassette de son père et fit accuser un serviteur pour l'envoyer au cachot. Et pourquoi ? Parce que ce brave serviteur l'avait surpris en train de chaparder du vin de messe. Enfin, à neuf ans, il ordonna à son chien de sauter dans une mare en plein hiver, ce qui, vous vous en doutez, tua la pauvre bête sur le coup. Voilà comment tournent quelquefois les enfants issus de lignées jusque-là sans reproche. Cependant Philippe était le seul fils du duc et, par conséquent, le seul héritier des Vreycran. Il était encore enfant si bien que son père, aveuglé par l'amour, mit ses exactions sur le compte de la jeunesse. Il espérait que l'enfant s'améliorerait avec le temps et, pendant une brève période, Philippe se tint à peu près correctement. Le duc fut ravi de ce revirement et songea avec soulagement que les tendances malhonnêtes de son fils appartenaient au passé. Hélas, quand Philippe atteignit l'âge de dix ans, ses mauvais penchants reprirent le dessus…

La comtesse se tut à nouveau, guettant l'effet que produisait son histoire sur l'assistance. Elle ne fut pas déçue, Delphine et Gabrielle buvaient littéralement ses paroles.

– Le duc de Vreycran, en retraite de l'armée, faisait des affaires avec son cousin, le marquis de Carambouille. Ce dernier était le parrain de Philippe et le considérait comme le fils qu'il n'avait pas eu. Il le couvrait de cadeaux et de bienfaits à chacune de ses visites. Bien sûr, Philippe était toujours content de voir le marquis de Carambouille, mais vous l'aurez deviné, uniquement dans la perspective de recevoir encore plus de cadeaux. Le marquis n'avait aucune famille, hormis les Vreycran. Il était par ailleurs un ami intime de Concino Concini qui, comme vous le savez, est le Premier ministre de notre bien-aimé petit roi, c'est-à-dire qu'il commande tout en France en attendant la majorité de Sa Majesté. Or, il arriva qu'un jour le marquis de Carambouille rendit visite à ses cousins de Vreycran. Il remarqua très vite que l'atmosphère avait changé et que la joie de la petite enfance de Philippe avait fait place à une profonde mésentente entre le père et le fils. En effet, le duc de Vreycran avait décidé de sévir avec Philippe et envisageait de l'envoyer dans l'école militaire qu'il avait lui-même fréquentée. Jugeant le traitement trop dur pour un enfant si jeune, le marquis de Carambouille tenta de faire entendre raison au duc. Bien mal lui en prit !

La comtesse s'interrompit encore et Gabrielle sauta sur place :

– Que fit le duc ? Que fit le duc ? cria-t-elle.

– Le duc répondit au marquis : « Et que vous importe, monsieur ! Philippe n'est pas votre fils. – S'il l'était je ne l'enverrais certes pas dans cette école de brutes, répondit le marquis. – Nous y voilà ! lança le duc. Depuis toujours vous êtes jaloux. Depuis toujours vous m'enviez Philippe, vous qui n'avez pas d'enfant. » Imaginez, mes chère petites, la stupeur de ce pauvre marquis de Carambouille qui ne pensait qu'à réconcilier le père et le fils. « Vous vous méprenez, dit-il au duc. Je ne désire que le bonheur de Philippe. Et le bonheur d'un garçon de cet âge, qui n'a déjà plus de mère, est de vivre auprès de son père. »

– Comme moi encore, coupa Delphine.

– Pas tout à fait car vous avez une nouvelle maman aujourd'hui, fit observer la comtesse en donnant une caresse sur la joue de

Delphine. Ne l'oubliez jamais, vous me causeriez une grande peine.

– Moi je ne vous causerai jamais aucune peine, mère, dit Gabrielle en se collant contre la comtesse. Cesse donc de nous interrompre à tout propos pour dire des bêtises, Delphine, je veux entendre la fin de l'histoire.

La comtesse lui donna un baiser sur le front avant de poursuivre.

– Très en colère, le duc reprit : « Auprès d'un père comme vous, c'est bien cela ? J'ai bien compris vos manèges avec mon fils, allez ! Et que je te donne des cadeaux. Et que je te parle tout bas. Et que je te dépeins cette école, comme l'enfer sur terre. Mais j'y suis allé, moi, dans cette école et y ai été très heureux. Vous n'avez jamais fait votre armée, si je ne m'abuse, mon cher Carambouille ? » Cette réflexion blessa profondément le marquis. « Oh j'aurais moi aussi aimé me battre pour mon roi et mon pays, mais vous savez très bien que j'ai de naissance une patte folle qui m'a toujours empêché de faire une carrière militaire. Cependant on peut servir son pays de bien des manières. Vous n'avez pas besoin de faire de Philippe un guerrier à votre image. – Oui, vous préféreriez qu'il devienne un gratte-papier en bas de soie comme vous, railla le duc. Très peu pour un Vreycran ! Philippe ira dans cette école. Des camarades de son âge, de bons instructeurs, de la discipline, et des exercices énergiques au lever du jour, voilà qui le sortira d'une vie oisive qui le transforme lentement mais sûrement en vaurien, voilà qui fera de lui un homme. »

– N'était-ce pas son devoir de veiller à ce que Philippe rentre dans le droit chemin ? demanda Delphine.

– Certes, approuva la comtesse. Mais cette école militaire est la plus rude du royaume. Philippe y aurait été la plus jeune recrue, et contrairement à ce que son père pensait, il aurait eu des camarades bien plus âgés qui l'auraient rudoyé à longueur de temps. Incapable de tenir un mousquet ou de tirer l'épée, il aurait été mal noté par ses instructeurs, qui l'auraient rabaissé aux pires corvées. Le marquis savait que Philippe n'était pas prêt à intégrer une école militaire et qu'il y serait très malheureux. « Attendez ses quatorze ans, insista-t-il. – Il sera trop tard alors, répondit le duc inflexible. Ma décision est prise. Philippe rejoindra son école demain matin. »

Delphine et Gabrielle poussèrent un cri d'horreur.

– Pauvre petit Philippe ! gémit Gabrielle.

– Oh mais attendez la suite, dit la comtesse. Le marquis de Carambouille prévint le duc de Vreycran qu'il interviendrait auprès du Premier ministre pour que Philippe ne soit pas accepté dans cette école. Hors de lui, le duc jura alors qu'il enverrait son fils à l'étranger où les écoles militaires étaient encore plus rudes. Il n'était pour le marquis plus temps que d'agir et, la nuit suivante, il résolut d'enlever Philippe et de l'emmener à la cour pour le placer sous la protection de notre bon Premier ministre. Il fit mine de se soumettre à la décision du duc et prétexta un mal de tête pour aller se coucher. Le duc ne sembla rien remarquer et, à minuit, le marquis sortit prudemment de sa chambre et se rendit chez Philippe à pas de loup. Il n'osa pas se munir d'une chandelle de peur qu'elle ne le trahisse. Fort heureusement, la lune était pleine et il connaissait assez le château de Vreycran pour s'y déplacer sans difficulté. Arrivé à la chambre de Philippe il ouvrit la porte dans un crissement, se dirigea doucement vers le lit et, au moment où il allait écarter le rideau du baldaquin…

La comtesse se tut encore. Elle ménageait son effet. Delphine et Gabrielle retinrent leur souffle.

– Au moment où il allait écarter le rideau du baldaquin, dis-je, un éclair brilla dans son dos et une fine lame vint se planter entre ses omoplates. Le marquis s'écroula, les yeux révulsés. Une large flaque de sang s'étala sur le plancher. Tendant la main vers le lit, il rampa un instant avec toute la force du désespoir. Il parvint, paraît-il, à attraper un oreiller, mais ce dernier effort eut raison de lui. Dans un dernier râle, il roula à terre et rendit l'âme. Réveillé par ce remue-ménage, Philippe bondit hors de son lit. Épouvanté, il aperçut alors le corps sans vie du marquis dans la pénombre et, juste derrière, droit comme un i dans un rayon de lune, son père, le duc de Vreycran. Il avait son épée sanguinolente à la main et son front portait le rouge de la honte qui marque l'assassin au moment où son crime est découvert. Voilà, mes chères petites, voilà comment un père trop sévère devint fou et provoqua un drame irréparable.

– Mais que s'est-il passé ensuite ? voulut savoir Gabrielle. Que sont devenus le duc et Philippe ?

– Eh bien le duc s'est enfui la nuit même. Sans un mot, il est sorti de la chambre, a sauté sur un cheval et personne ne l'a revu depuis. Certains prétendent qu'il s'est embarqué clandestinement pour les Amériques, d'autres affirment que, son honneur souillé, il s'est donné la mort. Ce qui est sûr c'est qu'il ne reparaîtra pas de sitôt. Il connaît la profonde amitié de Concino Concini à l'égard du marquis de Carambouille. Il sait que le ministre mettra tout en œuvre pour retrouver et châtier l'assassin. Sa tête est mise à prix dans tout le royaume.

– Et Philippe ? demanda Delphine.

– Se retrouvant seul au monde, il a été confié à une noble famille. Je ne crois pas qu'il ira jamais dans cette affreuse école. Cela doit être une grande consolation pour ce pauvre marquis de Carambouille qui veille sur lui de là-haut.

– Pourquoi le duc voulait-il se séparer de Philippe ? interrogea Gabrielle. Vous, vous ne voudriez jamais que je vous quitte, n'est-ce pas ?

– Vous, vous avez une maman et un papa que vous rendez fiers et heureux et qui vous aiment, répondit la comtesse attendrie. Philippe était menteur, tricheur et voleur. Le duc avait résolu de l'envoyer dans cette école militaire afin qu'il reçoive l'instruction que lui-même y avait reçue.

– Maintenant qu'il est seul au monde, personne ne peut plus l'obliger à quoi que ce soit et il ne lui reste qu'à attendre sa majorité pour profiter de son héritage, conclut Gabrielle.

– Je me demande pourquoi le duc a tué le marquis, songea tout haut Delphine. Pourquoi ne pas tout simplement lui demander des explications sur sa présence à cette heure dans ce lieu ? Le marquis avait une patte folle, il était désarmé. Le duc était le plus fort et surgissait par surprise dans son dos avec une épée. Il aurait pu le neutraliser sans difficulté. Pourquoi ce meurtre lâche et inutile ?

– Cela, ma chère enfant, est un secret que le duc de Vreycran a emporté avec lui, répondit la comtesse en secouant la tête. Outre cette histoire d'école militaire, Vreycran n'était pas sans savoir que Carambouille considérait Philippe comme son fils. J'imagine qu'il a cru qu'il voulait l'enlever pour qu'il le devienne vraiment. Son sang n'a alors fait qu'un tour et vous connaissez la suite.

Si les histoires de Mirabelle agitaient un peu le sommeil de Delphine, celle du duc de Vreycran la tint longtemps éveillée et lui donna beaucoup à réfléchir. Tous ces événements tragiques s'étaient déroulés depuis les dix ans de Philippe, c'est-à-dire durant les derniers mois écoulés. Il avait tout perdu pendant qu'elle se trouvait une mère et une sœur. Elle songea également que son père ne l'aurait jamais laissée derrière lui. Même recherché par tous les gens d'armes du royaume, il ne l'aurait jamais abandonnée. Avant de sombrer dans le sommeil, elle réalisa combien la vie était étrange parfois et combien le bonheur était une chose fragile que le malheur pouvait détruire irrémédiablement en quelques minutes et sans crier gare.

Chapitre 9
Le voleur frappe encore

Depuis le vol de la broche de feu la première comtesse de Renvers, le cambrioleur était devenu timide. Barrois mort, on aurait pu croire qu'il recommencerait ses coupables activités de plus belle, il n'en fut rien. Delphine se souvint que la comtesse leur avait dit, le jour du bal, que Barrois lui avait confié certains détails sur l'affaire. Sentant l'étau se refermer sur lui, le voleur avait sans doute pris peur.

L'hiver se passa sans incident notable, mis à part les histoires de la comtesse. Si la première, celle du duc de Vreycran, tint Delphine en haleine, elle fut l'exception à la règle car ensuite ce ne fut que potins de cour et commérages. Gabrielle était captivée par les babillages de sa mère, et Delphine découvrit qu'il existait quelqu'un d'encore plus assommant que madame de Revêche.

Le nouveau désastre survint au printemps.

Ce matin-là, Delphine ne se sentait plus de joie. La neige avait totalement fondu, le chant des oiseaux résonnait dans les arbres, les premières fleurs réveillaient les abeilles par leur parfum alléchant et une brise légère soufflait dans les branches parsemées de petits bourgeons. La journée s'annonçait idéale pour une longue promenade à cheval. C'était sans doute l'avis du comte car il décréta un jour de vacances, au grand dam de monsieur de la Tour-Guindée, pour qui une journée de flânerie représentait une perte désolante et irrémédiable.

Delphine s'habilla, ravie de porter ses bottes au lieu des souliers étriqués qui lui écrasaient les orteils, se coiffa, ou plus précisément enroula en vitesse un ruban autour de ses cheveux en bataille, puis courut chercher la goutte de sang sur sa table de chevet. Mais le précieux bijou ne s'y trouvait pas. Pensant l'avoir peut-être rangé dans un des tiroirs, Delphine les ouvrit l'un après l'autre. Elle y découvrit un livre qu'elle n'avait jamais terminé, des miettes de vieux biscuits, un canevas abandonné, des bouts de chandelles noircis, un gant qu'elle cherchait depuis des mois, mais aucune trace de la goutte de sang. Elle examina le sol autour et derrière la table de chevet sans plus de succès. Quand Mirabelle entra pour lui demander pourquoi elle mettait tant de temps à descendre, elle la trouva plongée sous son lit avec les deux pieds qui dépassaient.

– Eh bien en voilà des manières, s'écria-t-elle. Se faufiler sous les lits comme une petite souris ! Que ne dirait pas madame la comtesse si elle vous voyait ! Je l'entends d'ici courir se plaindre auprès de monsieur le comte sur ma façon de m'occuper de vous.

Delphine s'extirpa de dessous le lit. Sa robe était couverte de poussière.

– Quelle idée vous a encore traversé l'esprit ? demanda Mirabelle en l'époussetant à grands coups de son tablier.

– La goutte de sang, Mirabelle, paniqua Delphine. J'ai perdu la goutte de sang.

– Que me chantez-vous là ? Mais votre rubis est là où vous le mettez tous les soi…

Mirabelle se figea. Mis à part le chandelier, la table de chevet était vide.

– C'est une catastrophe, gémit Delphine. Ma mère me l'a donné sur son lit de mort et maintenant je l'ai perdu. Père sera furieux. Je suis une fille indigne.

– Allons, allons, pas de panique, il est forcément quelque part, dit Mirabelle en inspectant les alentours. Cherchons avec calme et méthode.

– J'ai déjà fouillé toute la pièce, répliqua Delphine en s'arrachant les cheveux. C'est une catastrophe ! C'est une catastrophe !

– Du calme, du calme, répéta Mirabelle. Vous allez rejoindre votre famille, qui vous attend en bas pour déjeuner, et je chercherai votre rubis. Surtout pas un mot sur cette affaire.

– Mais ils vont s'apercevoir que je ne l'ai plus.

– Vous le portez si souvent sous votre col qu'ils ne s'apercevront de rien, la rassura Mirabelle. Allez, maintenant.

– Tu le retrouveras, n'est-ce pas, Mirabelle ?

– Je ne sortirai pas de cette chambre sans lui, je vous le promets.

Mirabelle avait à moitié raison. Personne ne fit de réflexion à propos de la goutte de sang, mais après deux heures de recherches infructueuses, elle dut s'avouer vaincue : la goutte de sang avait bel et bien disparu.

Delphine demeura inquiète. Elle avait réussi à donner le change pendant le déjeuner, persuadée que Mirabelle retrouverait son précieux joyau, mais quand l'heure de la promenade fut venue sans nouvelle de Mirabelle, la panique l'envahit pour de bon.

– Vous voilà bien nerveuse, ma fille, lui dit le comte. Est-ce l'appréhension de remonter à cheval après ces longs mois d'hiver qui vous tracasse ? Rassurez-vous, l'équitation ne s'oublie pas aussi facilement. Une fois que l'on sait monter, c'est pour la vie.

– Je… je m'inquiétais seulement pour Général, bafouilla Delphine prise de court.

– Général ? Mais il sera le plus heureux ! s'écria le comte. Un palefrenier m'a certifié hier qu'il piaffait d'impatience à l'idée d'essayer ses tout nouveaux sabots.

Effectivement, dès que Delphine fut en selle, Général s'élança au galop. Le comte, qui avait pourtant un cheval plus grand et plus puissant, eut toutes les peines du monde à le rattraper.

– Inutile de te rengorger de la sorte, mon Général, plaisanta-t-il en le rejoignant au milieu des bois. L'exploit est facile quand on ne porte qu'une petite plume sur le dos.

Son propre cheval hennit, comme s'il approuvait.

– Merci, Ferval ! s'exclama le comte en feignant d'être vexé, mais je me passerai de ton avis. Ne dirait-on pas que tu doives porter un éléphant ! Ah, bah, il faut croire que le manque d'exercice a eu raison de ma ligne de jeune homme, ajouta-t-il en se tapotant l'estomac. Ce doit être la faute du chocolat. Quelle malchance ! J'ai bien peur que, si Jeanne s'aperçoit qu'il fait grossir, nous en soyons bientôt tous privés.

Il crut que Delphine éclaterait de rire, mais il se figea en la voyant fondre en larmes.

– Je m'étonnais aussi que ce ne soit que l'équitation, soupira-t-il en fronçant les sourcils. Delphine, parlez, que diable, vous m'inquiétez !

– Oh, père, c'est… c'est le chocolat.

– Eh quoi, le chocolat ? Vous n'aimez pas cela ?

– Si fait, je l'adore, mais il me fait souvenir de Barrois.

– C'est bien triste, je sais, dit le comte en baissant la tête. Vous devez cependant vous dire que ce n'était qu'une coïncidence si ce pauvre Barrois est mort après en avoir goûté.

– C'est que… le chocolat me fait penser à Barrois qui me fait penser aux vols sur lesquels il enquêtait, ajouta Delphine.

– Tudieu, quelle folle imagination est la vôtre ! fit le comte interloqué. Barrois n'est plus, c'est vrai, mais l'enquête continue. Je trouverai le voleur. Il rendra tout ce qu'il a volé et sera châtié comme il se doit. Vous ne devez plus vous morfondre pour cela.

– C'est que… le chocolat me fait penser à Barrois qui me fait penser aux vols qui me font penser au voleur qui me fait penser à la goutte de sang.

– Voilà donc votre grande préoccupation, dit le comte avec gravité. Mais la goutte de sang ne vous quitte jamais et, pour s'en emparer, le voleur devrait s'en prendre à vous et s'il s'en prenait à vous ses jours lui seraient petitement comptés car je le tuerais de mes mains. Du reste, il n'a plus sévi depuis des mois, alors pourquoi cette triste figure tout à coup ?

Delphine rassembla tout son courage.

– Père, la… la goutte de sang a disparu, avoua-t-elle enfin.

Delphine n'était pas sûre que ce soit le voleur, mais comme l'avait dit son père, la goutte de sang ne la quittait jamais. Le jour, son pendentif était toujours autour de son cou et la nuit tout près d'elle sur sa table de chevet. La pensée que le voleur s'était introduit nuitamment dans sa chambre pour le dérober la remplissait d'effroi. Cependant, elle y avait réfléchi toute la matinée et elle ne voyait pas comment la goutte de sang aurait pu disparaître autrement.

Sans ajouter un mot, le comte tourna bride et prit immédiatement le chemin du château. L'heure n'était plus à la promenade et Général dut redoubler d'efforts pour ne pas se laisser distancer par Ferval. Anxieuse, Delphine se taisait.

Le comte de Renvers ne se mettait jamais en colère sans une bonne raison. Il avait été très contrarié par la série de vols, pourtant cela arrivait dans les meilleures maisons et il avait pris cette affaire avec le calme et la froideur qui s'imposaient. Mais en poussant l'audace jusqu'à entrer chez Delphine pour s'emparer de la goutte de sang, c'était la guerre que le voleur lui avait déclarée.

Le comte sauta à terre avant même que Ferval se fût arrêté. Il grimpa deux à deux les marches du perron, entra en trombe dans le château, saisit une grosse cloche qui servait en cas d'urgence et la secoua vigoureusement. Lorsque Delphine le rejoignit, toute la maisonnée était déjà rassemblée autour de lui.

– J'entends que chacun d'entre vous cesse son travail et fouille le château de fond en comble. Vous savez ce que nous cherchons : quelques bibelots, certes de valeurs, mais surtout des bijoux ayant appartenu à ma défunte épouse. Dont la goutte de sang. Oui, mes amis, la goutte de sang, répéta-t-il devant l'air abasourdi de ses gens. J'offre une récompense de cent livres à qui la retrouvera. Et deux cents livres à qui découvrira l'identité du voleur.

La perspective d'une telle fortune galvanisa les troupes et tout ce petit monde s'éparpilla dans tous les sens comme une volée de moineaux.

– Si je puis me permettre, monsieur le comte, dit Mirabelle, j'ai déjà fouillé la chambre de mademoiselle Delphine. Hélas, sans succès.

– Ainsi tu savais donc ? s'étonna la comtesse.

Mirabelle raconta alors ce dont elle avait convenu avec Delphine. Cette dernière baissa les yeux.

– Tu as eu tort, Mirabelle, dit le comte en leur lançant un regard sévère. Il fallait venir m'avertir tout de suite. Que de temps perdu pour nous et gagné pour notre voleur par ta faute !

– Je suis si désolée, monsieur le comte, dit Mirabelle d'un air penaud.

– N'ai-je pas répété mille fois combien il était dangereux de traiter les servantes comme nos égales ! rappela la comtesse agacée. Voilà celle-ci qui pousse une de nos filles à nous mentir et à dissimuler.

– Tout au contraire, nous voulions vous épargner de la peine, intervint Delphine tandis que Mirabelle fondait en larmes dans son tablier. Nous croyions que la goutte de sang avait peut-être roulé sous un meuble. Nous ne songions pas au voleur à ce moment-là.

– Vous n'y songiez pas, ma chère Delphine, rectifia la comtesse, mais qu'en est-il de la servante Mirabelle ?

Sa façon de dire « la servante Mirabelle » avait des airs d'accusation.

– Je puis assurer madame la comtesse que j'ai tout mis en œuvre pour retrouver la goutte de sang, parvint à articuler Mirabelle entre deux sanglots. Je l'ai cherchée toute la matinée.

– Et nous devons te croire sur parole ! rétorqua la comtesse.

– Vous vous égarez, Jeanne, dit le comte. Mirabelle a fort mal agi en imposant le silence à Delphine, j'en conviens, mais je suis bien certain qu'elle ne songeait qu'à la protéger.

– Mon cher ami, vous ne savez pas ce que moi je sais, répondit la comtesse en secouant tristement la tête.

Delphine la regarda avec étonnement. Mirabelle fut si stupéfaite qu'elle en oublia de pleurer. Gabrielle, qui depuis le début se tenait prudemment derrière sa mère, sortit de sa cachette en dissimulant mal sa curiosité.

– Expliquez-vous, Jeanne, ordonna le comte.

– J'espérais, oui, j'espérais sincèrement que Barrois se fût trompé, déclara la comtesse, qui avait l'air de chercher ses mots. Mon Dieu, que tout cela est pénible.

– Barrois ? s'étonna le comte.

– Le jour du bal, il est venu me trouver pour me faire part de ses soupçons, expliqua la comtesse. Nous avions tous deux convenu de ne vous prévenir que le lendemain afin de ne pas ternir la fête. Malheureusement, le pauvre homme est mort le soir même.

– Je ne comprends pas, dit le comte intrigué. J'avais effectivement confié une enquête à Barrois et c'est à moi qu'il devait faire ses rapports. Pourquoi est-il allé vous trouver, vous ?

– Vous comprendrez quand vous saurez vers qui ses soupçons se dirigeaient, répondit la comtesse l'air ennuyé. Il savait que cela vous briserait le cœur et il est venu me demander conseil. Mon Dieu que c'est difficile ! J'espérais vraiment que ses accusations se révéleraient sans fondement. Les vols ayant cessé, je me disais que le voleur avait pris la fuite et il devenait dès lors inutile de vous informer de toutes ces pénibles choses. Cependant l'attitude de Mirabelle aujourd'hui prouve que votre fidèle Barrois avait probablement vu juste.

– Dites-moi vers qui les soupçons de Barrois se dirigeaient, exigea le comte.

De plus en plus mal à l'aise, la comtesse répondit d'un air énigmatique :

– Vous avez ordonné de fouiller le château de fond en comble, je vous suggère de commencer par les combles…

Voyant qu'elle se refusait à prononcer le moindre nom, le comte monta les escaliers. La comtesse, Delphine, Gabrielle et Mirabelle lui emboîtèrent le pas.

Les combles étaient aménagés en chambrettes pour les serviteurs. Il y en avait une vingtaine, alignées le long d'un couloir étroit et sombre. Le comte voulut ouvrir la première, qui était celle d'un cuisinier, mais la comtesse l'arrêta.

– Ce que vous cherchez se trouve dans la troisième... Toujours d'après Barrois, tint-elle à préciser.

Les autres ouvrirent des yeux ronds. La troisième chambre était celle de Mirabelle et Fauvette.

– Que signifie ? demanda le comte d'un ton impérieux. Mirabelle, je te somme de t'expliquer !

– Je ne comprends pas, monsieur le comte, répondit Mirabelle bouleversée. Non vraiment, je ne comprends pas.

Delphine non plus ne comprenait pas. La comtesse leur avait pourtant certifié, à elle et Gabrielle, que Fauvette était hors de cause. Alors, que signifiait ce revirement ?

Le comte adressa un regard gêné à Mirabelle comme pour lui demander la permission d'entrer chez elle, puis il ouvrit la porte.

La chambre était petite mais coquette et agréable, avec deux lits confortables, une cheminée ornée de napperons, une table avec un bouquet de fleurs dessus, des chaises, une armoire et de jolis rideaux aux fenêtres. Tandis que le comte jetait un coup d'œil dans l'armoire, les quatre autres se taisaient, attendant fébrilement le résultat de ses recherches. Pour Delphine il paraissait évident qu'il ne trouverait rien, et quand le comte referma la porte de l'armoire en secouant négativement la tête, elle faillit pousser une exclamation de joie. Le comte examina ensuite le vase sur la table et regarda sous les lits, mais là encore il ne trouva rien du tout. Il s'apprêtait à sortir quand Gabrielle ouvrit la bouche pour la première fois depuis le début de ses recherches.

– Il est facile de cacher des bijoux dans une cheminée ou sous un matelas, dit-elle précipitamment.

Delphine aurait préféré qu'elle s'abstienne de tout commentaire et le comte lui lança un regard de reproche.

– Gabrielle ne cherche qu'à lever tous les soupçons, appuya la comtesse en prenant Gabrielle par les épaules d'une manière protectrice.

– C'est tout jute cela, approuva vivement Gabrielle. Je connais votre attachement envers elles et moi aussi j'ai appris à les aimer ces braves servantes. Je voudrais qu'il ne subsiste aucun doute quant à leur innocence.

Delphine et le comte échangèrent un regard. Effectivement, c'était le meilleur moyen pour tuer d'éventuelles rumeurs dans l'œuf. Mirabelle ne fit aucune objection. Le comte introduit sa tête dans la cheminée et se mit à tousser. Il n'en ressortit rien mis à part quelque taches de suie sur son visage et son col. Il souleva ensuite le matelas de Fauvette, et le cœur de Delphine se serra dans sa poitrine. Et si… Mais le comte reposa le matelas. Delphine souffla. Le matelas de Mirabelle n'était qu'une simple formalité. Le comte le souleva pour la forme et soudain un curieux petit cliquetis se fit entendre. Le comte fronça les sourcils et passa la main entre le matelas et le sommier. Tout à coup, son visage se crispa et il retira lentement sa main. Delphine poussa un cri d'effroi quand elle vit la goutte de sang briller entre ses doigts. La comtesse porta la main à sa gorge comme si on venait de la poignarder et Gabrielle s'écria :

– C'est moi qui vous ai mis sur la piste de cette cachette, monsieur mon père. J'ai donc droit à la récompense, n'est-ce pas ?

Elle était en train de calculer le nombre de robes qu'elle pourrait s'offrir, mais plus personne ne s'intéressait à elle. Étalée sur le plancher, Mirabelle venait de s'évanouir.

Chapitre 10
Mirabelle s'en va

– Je ne peux y croire, non, cela ne se peut, s'exclama Delphine en s'écroulant dans un fauteuil du salon.

La goutte de sang qu'elle tenait serrée dans son poing lui faisait mal.

Toute la famille Renvers et tous les habitants du château étaient aussi incrédules qu'elle. Mirabelle, la brave, l'honnête Mirabelle qui de sa vie entière n'avait jamais volé un bout de pain. C'était à n'y rien comprendre.

– Que vous faut-il de plus ? répondit la comtesse d'un air navré. Hélas, vous l'avez vu comme nous. Votre pendentif a été retrouvé sous son matelas. La preuve est accablante. Hervé, je vous somme de faire appeler le prévôt immédiatement. Faites enfermer cette femme et renvoyez cette graine de canaille qui lui sert de fille. Où est-elle, à propos, cette bonne à rien ? Qu'on la traque, qu'on la chasse, je ne saurais demeurer dans une maison où de si graves dangers nous menacent !

– Des dangers, oh, mère, j'ai peur, partons, partons vite ! s'écria Gabrielle au comble de la terreur.

– Là, là, là, du calme mon enfant, la rassura la comtesse en la prenant dans ses bras. Votre père qui est le plus fort de tous saura nous protéger, je vous le promets. N'est-ce pas, Hervé ?

– Mirabelle est toujours inconsciente, rappela le comte. Je préfère attendre et entendre sa version des faits avant de prendre ma décision. La servante que j'ai placée à son chevet viendra me prévenir dès son réveil.

– Alors vous aussi ! s'écria la comtesse en levant les bras au ciel. On vous désigne la coupable, on vous le prouve de manière éclatante et vous continuez à douter ! Mon pauvre ami, vous êtes aussi naïf que notre chère petite Delphine !

– Peut-être que Mirabelle a simplement voulu protéger la goutte de sang en la cachant, suggéra Delphine.

– Pourquoi ne pas nous l'avoir dit tout de suite, dans ce cas ? demanda la comtesse. Pourquoi faire tant de cachotteries ?

– Je ne sais pas. Par peur que le voleur n'entende, je suppose.

– Tous les serviteurs s'étaient déjà lancés à la poursuite du voleur lorsqu'elle nous a avoué vous avoir interdit de nous parler de la disparition de votre bijou, dit la comtesse. Or donc, c'est l'un de nous que vous traitez de voleur, mademoiselle ? Votre père, peut-être, ou bien votre sœur, ou moi, pourquoi pas ?

– Jeanne ! supplia le comte.

– Mon Dieu, mon Dieu, cette histoire m'a bouleversée, soupira la comtesse en se laissant choir à son tour dans un fauteuil. Veuillez me pardonner cet égarement, Delphine.

Gabrielle se précipita à ses genoux en pleurant.

– Pardonnez-moi aussi, ma mère, dit Delphine en lui tendant une main que la comtesse accepta avec un sourire de douleur.

– Cette histoire nous a tous chamboulés, dit le comte une fois le calme revenu et les larmes de Gabrielle séchées. Jeanne, c'est vous qui avez suggéré de fouiller chez Mirabelle. Vous la soupçonniez donc. Pourquoi ?

– Parce que c'est elle que Barrois soupçonnait. Oui, Delphine, ajouta-t-elle en la voyant ouvrir des yeux ronds. Moi-même je ne voulais le croire. C'est la raison pour laquelle j'ai attendu. J'espérais que tout cela se révélerait une terrible méprise. Hélas, nous savons aujourd'hui qu'il avait raison. Fidèle Barrois.

Delphine n'arrivait toujours pas à y croire. Quelque chose ne collait pas avec l'ensemble.

– J'y songe soudain, nous n'avons pas retrouvé les autres objets volés. Tu te souviens, Gabrielle, de l'histoire du duc de Vreycran et comment son fils Philippe vola de l'or pour faire accuser un pauvre serviteur ? Peut-être a-t-on placé la goutte de sang exprès sous…

– Ma chère enfant, l'interrompit sèchement la comtesse, vous êtes encore bien jeune pour discerner le bien du mal, pour deviner la perfidie derrière les minauderies. Mais moi qui ai du vécu, je puis vous certifier que les plus grands malfaiteurs savent parfaitement se parer du masque de la sincérité afin de se jouer des autres. Voyez, votre père et moi sommes également tombés dans le piège de cette vilaine créature.

– Elle et sa fille me pétrifient d'angoisse, gémit Gabrielle la tête enfouie dans les jupes de sa mère. Je veux m'en aller loin d'ici.

– Cependant, Delphine n'a pas tort, reprit le comte. Nous n'avons pas retrouvé les autres objets.

– Vous donneriez foi à cette fable d'un ennemi qui voudrait nuire à Mirabelle ? s'étonna la comtesse. Je ne l'imagine cependant pas avoir un tel ennemi.

– Mirabelle est aimée de tous, précisa Delphine avec force.

– C'est bien ce que je dis, appuya la comtesse. Or donc, si nous n'avons pas retrouvé les autres objets volés, c'est certainement parce que Mirabelle a une cachette plus sûre que son matelas et que dans la précipitation de ce matin il aura seulement servi à dissimuler la goutte de sang. Faites-la tourmenter par les hommes de la prévôté, je gage qu'elle ne tardera pas à tout avouer.

– Non, je tiens à mon idée, répondit le comte d'un ton sans appel. J'entendrai d'abord Mirabelle et je suis bien certain de réussir à la faire parler sans tourments.

Après le déjeuner que seules la comtesse et sa fille engloutirent de bon appétit, Delphine et Gabrielle furent envoyées dans la chambre de cette dernière. Mirabelle avait repris connaissance et le comte ne voulait pas courir le risque qu'elles écoutent aux portes certaines conversations. Delphine faisait les cent pas, impatiente et inquiète.

– Oh, qu'il est rageant d'être aussi jeune et de devoir obéissance à ses parents ! fulmina-t-elle. Être enfermée ici quand tout se joue en bas. Comme j'aimerais entendre ce que Mirabelle dira !

– Que veux-tu qu'elle dise hormis ce que nous savons déjà, répondit Gabrielle. Tu ferais mieux de t'occuper de Sophie. Voilà trois jours qu'elle n'a pas quitté son fauteuil.

Sophie était la poupée préférée de Delphine. Elle l'avait emmenée en visite chez celles de Gabrielle, Camille et Madeleine, dans leur petite chambre près de la cheminée. Assise par terre, Gabrielle commença à jouer.

– Je n'ai pas la tête à jouer à la poupée, expliqua Delphine en tournant dans la pièce comme un lion en cage.

– Oh, la robe de Madeleine est toute froissée, se lamenta Gabrielle. Ne t'inquiète pas, chère Madeleine, nous allons te changer et je demanderai à mère de punir sévèrement la maladroite servante qui a repassé cette robe. Delphine, si tu n'y remédies pas, ta malheureuse Sophie aura l'air d'une pauvresse dans sa vieille toilette de trois jours, je te préviens.

– Je t'admire de rester si calme, dit Delphine.

– Père et mère nous ont promis de châtier ces méchantes. Souviens-toi que j'ai banni cette petite gueuse de Fauvette de ma chambre ! Ni elle ni sa grosse vache de mère ne s'y risqueront, nous sommes en sécurité. De plus nous en serons bientôt débarrassées, alors pourquoi s'en faire ? Allez, viens jouer avec nous. Sophie est si triste toute seule dans son coin. N'est-ce pas que tu es triste, Sophie, parce que ta maman s'inquiète plus pour d'affreuses paysannes que pour toi ? Pauvre Sophie. Veux-tu que Camille te prête ses joujoux ? Il faudra prendre garde à ne pas les casser, surtout.

Elle allait installer Sophie sur le petit cheval à bascule de Camille quand la porte s'ouvrit en coup de vent. Fauvette fit irruption dans la chambre comme si elle avait le diable à ses trousses. Gabrielle poussa un hurlement et lança Sophie en l'air. La poupée rebondit contre la cheminée et sa tête, qui était en porcelaine, explosa en mille morceaux. Delphine ne fit cependant pas attention à sa poupée cassée et fondit sur Fauvette.

– Au secours ! Au secours, à moi, à l'assassin ! se mit à hurler Gabrielle en agitant les bras comme une noyée. Au secours, une criminelle chez moi !

– Chut, tais-toi donc ! lui intima Delphine en fermant précipitamment la porte. Fauvette, ma pauvre Fauvette, que s'est-il passé ?

Fauvette était trop choquée pour parler. Les yeux exorbités, elle tentait vainement de reprendre son souffle.

– Viens, assieds-toi, lui dit Delphine.

– Ah non, pas sur mon lit ! s'indigna Gabrielle.

Mais Delphine assit Fauvette sur le lit avec une telle autorité que Gabrielle se tut.

– Vite, de l'eau, Gabrielle, lui ordonna-t-elle.

– Moi, servir la fille d'une servante voleuse ? répliqua Gabrielle en se drapant dans son orgueil. Jamais ! Je veux qu'elle garde ses mains bien ouvertes et je veux les voir, ajouta-t-elle sur un ton de défi. Telle mère telle fille, n'est-ce pas ce qu'on dit ?

– Fauvette n'est pas plus une voleuse que Mirabelle, répondit Delphine en allant elle-même remplir un gobelet d'eau.

– Mais c'est l'eau de ma cruche, s'indigna Gabrielle en la regardant faire, l'air outré. Mon eau toute fraîche dans mon gobelet d'argent ! Tu n'y penses pas, Delphine ! Cette souillon boire mon eau dans mon gobelet d'ar…

Ses derniers mots restèrent coincés dans sa gorge quand elle vit Fauvette vider le gobelet d'un trait.

– Voilà, calme-toi et raconte-nous, dit Delphine en s'asseyant à côté d'elle. Où étais-tu passée ? Où est ta pauvre maman ? Qu'a dit mon père le comte ? Qu'as-tu vu ? Qu'as-tu entendu ? Que va-t-il advenir d'elle, de toi, de vous ?

Bien sûr, Fauvette ne pouvait pas répondre à toutes ces questions en même temps. Elle essaya de toutes les retenir et commença par la première :

– J'étais… je me suis cachée sous l'escalier quand monsieur le comte est rentré très en colère ce matin. J'avais cassé un vase en faisant le ménage dans le grand salon comme madame la comtesse me l'ordonne deux fois par jour et j'ai cru qu'il me cherchait pour me gronder. Mais lorsque j'ai compris qu'il s'agissait de la goutte de sang et que j'ai entendu madame la comtesse demander qu'on fouille les combles, j'ai voulu voir si j'arriverais à la retrouver la première...

– Dis plutôt que tu voulais la dérober à notre vue, coupa Gabrielle.

– Pas du tout, mademoiselle, je voulais... je voulais la trouver et te la rendre, Delphine. Je voulais t'en faire la surprise parce que tu es mon amie.

– Pour toucher la récompense, oui ! rétorqua Gabrielle sarcastique.

– Oh, pas pour moi, mademoiselle. J'avais résolu de donner cet argent à ma mère pour ses vieux jours.

– Les bijoux et l'argent, ricana Gabrielle. Il vous faut donc tout dans cette maison !

– Silence, Gabrielle ! dit Delphine. Fauvette, continue !

– J'étais en train de fouiller la chambre de Germaine, qui est juste à côté de la nôtre, quand je vous ai entendus arriver. J'ai collé mon oreille au mur et vous ai écoutés.

– C'est du joli ! commenta Gabrielle.

– Oh, j'étais bien certaine que vous ne trouveriez rien, continua Fauvette sans lui prêter la moindre attention. Mais lorsque monsieur le comte a découvert la goutte de sang...

– C'est moi qui l'ai découverte, rectifia Gabrielle. C'est moi qui ai dit de regarder sous le matelas. C'est moi qui toucherai la récompense...

Elle s'interrompit quand elle vit que ni Delphine ni Fauvette ne l'écoutaient.

– Lorsque monsieur le comte a trouvé la goutte de sang, j'ai cru défaillir comme ma pauvre maman, continua Fauvette. Delphine, je te jure sur notre amitié qu'elle n'a rien volé.

– Je le sais, je le sais, répondit Delphine en la prenant par l'épaule. Ne pleure pas et raconte-nous la suite.

– J'aurais voulu courir voir maman, mais j'ai entendu monsieur le comte appeler pour qu'on prenne soin d'elle et je me suis dit que le meilleur moyen pour moi de l'aider serait d'attraper le voleur. J'ai repris mes recherches.

– Pourquoi chez Germaine ? demanda Delphine.

– Elle est femme de chambre et peut entrer dans toutes celles du château sans éveiller les soupçons, expliqua Fauvette. Et puis les vols ont commencé après son arrivée à Renvers.

– C'est bien pensé, songea Delphine tout haut. Elle peut aussi avoir glissé la goutte de sang sous le matelas de ta mère, c'était facile pour elle.

– Germaine est au service de madame la comtesse ma mère depuis dix ans, intervint Gabrielle. Je réponds d'elle comme de moi-même.

– Et moi je réponds de Mirabelle, répliqua Delphine. Il faut tout de suite en parler à père.

– Hélas, je n'ai rien trouvé chez Germaine, précisa Fauvette. Nous n'avons aucune preuve contre elle.

– C'est égal, dit Delphine. Il faut l'interroger.

– Madame ma mère ne le permettra pas, prévint Gabrielle.

– Il est de toute façon trop tard, ajouta Fauvette d'une voix tremblante. Cachée derrière la porte, j'ai entendu l'interrogatoire de maman. Elle n'a pas su expliquer comment la goutte de sang s'est retrouvée sous son matelas. Madame la comtesse l'a formellement accusée.

– Et mon père ? interrogea Delphine.

– Il hésite encore à prévenir le prévôt, mais madame la comtesse a menacé de quitter Renvers avec sa fille si on ne l'arrête pas sur-le-champ. Pour la calmer un peu monsieur le comte a demandé à maman de demeurer dans sa chambre jusqu'à nouvel ordre. Madame la comtesse ne décolère pas, elle exige que maman soit arrêtée, fouettée en place du village et marquée au fer rouge des voleurs, avant minuit, acheva Fauvette avant d'éclater en sanglots.

– Nous l'empêcherons, proclama fermement Delphine en se levant d'un bond. Toutes les trois, nous l'empêcherons. Gabrielle, tu as entendu, Mirabelle est innocente. Il faut absolument que tu nous aides à convaincre ta mère… Gabrielle ? Que fais-tu ?

Lentement Gabrielle s'était glissée vers la porte. Elle tourna le bouton et l'ouvrit en grand en criant : « À l'aide ! À l'assassin ! La fille de la voleuse est dans ma chambre ! »

– Gabrielle, noooooooon ! hurla Delphine.

Mais c'était trop tard. Déjà des pas précipités résonnaient dans le grand escalier.

– Je ne veux pas qu'ils m'attrapent, cria Fauvette prise de panique. Madame la comtesse veut me faire subir le même sort que ma mère : « Mieux vaut prévenir que guérir », a-t-elle dit.

– Mon père te protégera, n'aie crainte, assura Delphine.

– En m'enfermant moi aussi dans ma chambre ? répliqua Fauvette. Non, je dois être libre pour aider maman, Delphine, pardonne-moi.

Et elle courut à une petite porte qui s'ouvrait sur un escalier de service.

– Fauvette, ne t'enfuis pas, reviens ! lui cria Delphine tandis que des serviteurs armés de fourches déboulaient dans la chambre.

– L'escalier de service, indiqua Gabrielle en pointant un doigt accusateur.

Delphine sentit comme une grosse boule qui lui coinçait la gorge, et ses yeux s'emplirent de larmes.

– Gabrielle, ma sœur, pourquoi nous trahis-tu ?

– C'est cette méchante Fauvette et sa mauvaise mère qui nous trahissent, ne le vois-tu pas ?

Malgré tous leurs efforts, cependant, les serviteurs ne rattrapèrent pas Fauvette. Elle avait grandi au château et connaissait tous ses moindres recoins mieux que personne. Nul ne pourrait la retrouver.

La comtesse essaya de faire parler Delphine le soir pendant le dîner.

– Ma fille, je sais combien vous devez être éprouvée et combien vous aimiez cette petite, mais elle est désormais votre ennemie autant que la nôtre. Sa fuite prouve sa culpabilité. Votre devoir est de nous dire, vous qui avez exploré ce domaine avec elle durant toutes ces années, votre devoir est de nous dire où elle se cache. Quels trous, quels lieux secrets sont susceptibles de lui avoir offert un abri ?

– Plutôt mourir ! répliqua Delphine en laissant tomber sa cuillère avec fracas.

Puis elle se leva en renversant sa chaise et sortit en courant.

– Hervé, je suis au regret de vous dire que votre fille ne sera jamais admise à la cour si elle persiste dans cette voie, commenta la comtesse en secouant tristement la tête. Puis-je suggérer d'attacher Germaine à son service ? C'est elle qui a élevé Gabrielle, elle saura lui inculquer les bonnes manières !

Delphine alla se réfugier dans sa chambre, bien décidée à ne rien révéler à personne. Car la comtesse avait raison, s'il y avait quelqu'un à Renvers capable de retrouver Fauvette c'était bien elle. Elle jugea préférable d'attendre que tout le monde soit couché pour agir. Des lambeaux de nuages passaient devant la lune, qui scintillait suffisamment cette nuit-là pour éclairer son chemin. Delphine s'assit dans la pénombre et attendit en silence. Elle pensait à Fauvette et à Mirabelle. Lorsque minuit sonna au clocher du village, elle s'enveloppa dans une cape couleur de muraille et ouvrit lentement sa porte. Elle sortit la tête dans le couloir et se retrouva nez à nez avec un valet. Elle sursauta.

– Que mademoiselle m'excuse si je l'ai effrayée, dit le valet en saluant maladroitement.

– Que faites-vous là ? demanda Delphine interloquée.

– C'est madame la comtesse, mademoiselle, elle craint pour votre vie et m'a placé devant votre chambre afin de veiller sur vous. J'ai ordre de ne pas vous quitter d'une semelle. Aussi, comme vous le voyez, vous n'avez plus rien à redouter, vous pouvez vite retourner dormir, allez. Et comptez sur moi, mademoiselle, personne ne franchira cette porte cette nuit.

S'il attendait des félicitations, le valet en fut pour ses frais. Avec un mouvement de rage, Delphine lui claqua sa porte au nez.

– Veiller sur moi, fulmina-t-elle entre ses dents. Me surveiller, oui !

Il n'y avait pas d'escalier de service dans sa chambre. Delphine réfléchit un instant, et un petit sourire victorieux s'étala sur son visage.

– Si tu ne peux sortir par la porte, sors par la fenêtre, dit-elle à son propre reflet qui se dessinait dans son miroir tel un fantôme sombre et menaçant.

L'exercice se révéla toutefois beaucoup plus périlleux qu'elle ne l'avait imaginé. Deux étages la séparaient de la terre ferme. Le vent soufflait, ses pieds dérapaient sur l'étroite corniche et le clair de lune disparaissait de temps en temps derrière un nuage, la laissant toute seule suspendue dans le noir, le souffle court et le cœur battant.

– Allons, du courage, se murmura-t-elle en se rappelant qu'elle faisait tout cela pour Fauvette et Mirabelle.

À propos de Mirabelle, elle entendit soudain sa fenêtre s'ouvrir tout en haut du château dans les combles. Delphine se figea, collée au mur. Et si Mirabelle l'avait entendue ? Et si elle la voyait ? Et si elle lui ordonnait de retourner immédiatement dans sa chambre ? Et si elle prévenait le comte et la comtesse ? La lune reparut soudain et Delphine lui lança son regard le plus sombre : ce n'était vraiment pas le bon moment, maintenant Mirabelle pouvait la voir. Mais Mirabelle ne regardait pas en bas. Elle fixait l'horizon et ne semblait pas du tout l'avoir remarquée. Delphine l'observa intriguée : tous les événements de la journée lui avaient sans doute fait perdre le sommeil et peut-être cherchait-elle un peu d'air frais avant d'aller se coucher.

Mirabelle resta un long moment immobile. Elle paraissait regarder quelque chose tout là-bas au-dessus de la cime des arbres de la forêt. Delphine suivit son regard mais il n'y avait que la nuit et les étoiles. Tout à coup, Mirabelle sourit comme si elle avait enfin trouvé ce qu'elle cherchait. Incrédule, Delphine la vit ensuite enjamber le rebord de sa fenêtre. Mirabelle avait-elle eu la même idée qu'elle ? Avait-elle vu Fauvette quelque part dans la nuit ? Tentait-elle de la rejoindre ? Le plus curieux était la façon dont elle s'y prenait pour descendre. Au lieu de se tenir face au mur elle lui tournait le dos en s'agrippant au bord de la fenêtre. L'inconsciente n'avait certainement jamais grimpé aux arbres de sa vie et n'y connaissait rien en matière d'escalade. Delphine n'avait pas d'autre choix que de révéler sa présence pour lui indiquer comment s'y prendre.

– Mirabelle ! appela-t-elle.

Mirabelle sursauta et son pied glissa. Elle se rattrapa de justesse.

– Mon Dieu, Mirabelle, je t'ai surprise, pardonne-moi ! cria Delphine face au vent qui s'engouffrait dans sa bouche. Mais dans cette position, tu risques de tomber. Écoute-moi !

– Escalader les murs du château en pleine nuit, sont-ce là des manières de jeune fille ? la gronda Mirabelle. Que dira madame la comtesse quand elle l'apprendra ? Elle dira que je ne sais pas m'occuper de vous, voilà ce qu'elle dira. Et maintenant au lit, mademoiselle ! Je ne tolérerai pas qu'on me critique, ni moi ni mon travail.

– Mirabelle !

– Soyez sage et obéissante, mademoiselle. Pour moi, ma tâche d'aujourd'hui est achevée, je m'en vais rejoindre mon époux et ma petite Fauvette qui m'attendent pour la soupe. Elle est très gentille avec moi vous savez, ma petite Fauvette, et mon mari est le meilleur des hommes. Il lui a fabriqué un cheval de bois pour ses cinq ans, la semaine dernière. Vous auriez dû voir sa petite frimousse tout illuminée de joie. Quelle chance j'ai de les avoir tous les deux !

Delphine tressaillit. Fauvette venait d'avoir onze ans et l'époux de Mirabelle était mort à la guerre des années plus tôt. De quoi parlait-elle ?

– Je vous souhaite la bonne nuit, mademoiselle, à demain, dit encore Mirabelle.

Puis, elle sauta dans le vide.

Le cri que poussa Delphine fut emporté par le vent. Jamais elle ne sut comment elle était retournée dans sa chambre, mais quand elle fut arrivée là, ses jambes se dérobèrent sous elle et elle s'écroula de tout son long sur le tapis. Des larmes brûlantes commencèrent à couler de ses yeux. Elle ne devait pas se laisser aller, cependant. S'il restait la moindre chance que Mirabelle soit encore en vie (son estomac se contracta douloureusement), il fallait la secourir.

Rassemblant ses dernières forces, Delphine se releva et courut prévenir le valet. La comtesse l'avait bien choisi : prompt et doté d'un esprit vif, il ne chercha pas à discuter, comprit, malgré les confuses explications de Delphine entremêlées de sanglots, que quelque chose de terrible venait de se produire, et se rua sur la grosse cloche de l'entrée pour demander de l'aide. Toute la maisonnée fut réveillée en quelques minutes. Malheureusement, l'infortunée Mirabelle s'était tuée sur le coup et il n'y avait plus rien à faire pour elle.

Chapitre 11
Le démon de la tour maudite

Deux mois s'étaient écoulés depuis la tragique disparition de Mirabelle. Pour tout le monde, il ne s'agissait que d'un malheureux accident. Mirabelle avait probablement voulu respirer l'air frais et elle s'était trop penchée à sa fenêtre. Seule Delphine connaissait la vérité. Elle n'avait rien dit à personne, pas même à son père. Il avait déjà été si durement éprouvé par la mort de Barrois puis par celle de Mirabelle, qu'elle n'avait pas trouvé le courage de lui avouer que cette dernière avait soudain perdu l'esprit et s'était jetée dans le vide délibérément. Il se serait peut-être senti coupable d'avoir écouté les terribles accusations que la comtesse avait lancées.

La comtesse ! Delphine ne pouvait s'empêcher de lui en vouloir. À Gabrielle aussi. Oh, bien entendu, elles ne pouvaient pas prévoir ce qui allait arriver, mais tout de même ! Elles auraient dû traiter cette affaire avec beaucoup plus de discrétion, au lieu de crier à tous les vents que Mirabelle était une voleuse. Certes, la goutte de sang était une preuve accablante, mais n'importe qui aurait pu la glisser sous ce matelas. La porte de Mirabelle n'était jamais fermée à clé.

Et il y avait Fauvette, Fauvette qui n'était jamais reparue depuis sa fuite. Dès qu'elle avait un instant de libre entre les cours de maintien et de savoir-vivre, Delphine allait explorer un des endroits cachés du domaine où petites elles jouaient ensemble. Mais nulle part elle ne trouva trace de Fauvette. Celle-ci ne vint même pas à l'enterrement de sa mère, et pourtant… pourtant Delphine avait senti sa présence dans le petit cimetière du village. Elle avait cru voir une ombre furtive se faufiler entre les pierres tombales. Là encore elle s'était tue. La comtesse n'était pas présente, mais des serviteurs ralliés à sa cause surveillaient étroitement les alentours. Fauvette avait bien eu raison de se cacher.

Sans Mirabelle et Fauvette, la vie à Renvers avait perdu beaucoup de son attrait. Qui plus est, la comtesse n'avait rien trouvé de mieux que de donner le poste de Mirabelle à Germaine. Celle-là même que Fauvette soupçonnait. Pour Delphine c'était une véritable torture de voir cette espèce de femme-araignée entrer aux aurores dans sa chambre sans prévenir pour la secouer vigoureusement. Toujours de noir vêtue, elle avait la maigreur d'un squelette, des petits yeux sournois, un nez en bec d'aigle et des lèvres toutes fines qui ne souriaient jamais. Elle traitait Delphine comme une demeurée incapable de mettre un pied devant l'autre. Delphine se consolait en se disant qu'elle pourrait peut-être la faire parler et l'amener à avouer que c'était elle la voleuse. Mais Germaine ne lui laissait que rarement le temps de s'exprimer et ne répondait à aucune question directe.

– Qu'allons-nous porter aujourd'hui, mademoiselle ? La robe bleue ? Non la grise plutôt, car voyez-vous mademoiselle Gabrielle a choisi une bleue et ce serait pitié de vous voir essayer de copier sa beauté et son élégance, n'est-ce pas ? Oui, la grise sera parfaite pour vous. Allons, allons pressons, madame la comtesse vous attend pour déjeuner.

Et sachant qu'il était inutile de discuter, Delphine se laissait docilement habiller, toujours de robes aux couleurs tristes qui ne lui allaient pas du tout et la faisaient paraître insignifiante à côté de Gabrielle. Germaine négligeait également sa coiffure (« une motte de foin indémêlable ») et oubliait systématiquement la goutte de sang. Quand Delphine retournait à sa table de chevet pour la prendre, Germaine grimaçait de dégoût devant cet « affreux caillou ».

– Il vous rappelle sans doute de bien mauvais souvenirs, lui asséna un jour Delphine avec une satisfaction profonde.

La bouche de Germaine se serra en cul-de-poule et elle ne sut pas quoi répondre.

Plus les jours passaient et moins l'on parlait de Fauvette à Renvers. La comtesse elle-même semblait peu à peu l'oublier. L'épineux sujet fut malgré tout évoqué une dernière fois un soir à la veillée dans le grand salon. Les rayons du soleil couchant du mois d'août tapaient contre les carreaux.

– Quelle chaleur ! se plaignit Gabrielle engoncée dans une robe de velours épais.

Elle brisait les tympans de tout le monde en massacrant un morceau de musique de sa composition sur le clavecin que venaient de lui offrir ses parents pour ses onze ans, en plus des onze nouvelles robes, onze nouveaux bijoux, et onze louis d'or étincelants. Gabrielle avait hâte d'avoir douze ans.

Delphine dessinait à une table, le comte et la comtesse jouaient aux échecs.

– Rien de plus simple, ouvrez les portes-fenêtres, suggéra le comte concentré sur son jeu. Mmm, me voilà en fâcheuse posture, je n'aime pas beaucoup cette dame qui lorgne sur ma tour.

– Vous n'y songez pas, mon père ! se récria Gabrielle dans un sursaut outrancier. Et si on nous attaquait !

– Encore ces histoires de loup, répondit le comte en secouant la tête. Combien de fois devrai-je le répéter : les loups n'approchent pas les maisons des hommes !

– Mais les fauves, si, répliqua Gabrielle en frissonnant. En particulier les petits fauves sauvages, les Fauvette.

– Tu n'as vraiment rien à craindre d'elle, soupira Delphine.

– Très chère Gabrielle, intervint la comtesse, il est plus que probable que la vilaine soit loin d'ici à présent. Nous avons fait mettre des avis de recherche dans toute la région, si quelqu'un l'avait aperçue, nous en aurions été avertis. Vous noterez également que les vols ont cessé depuis sa disparition. Votre cavalier m'ennuie à narguer mon fou de la sorte, Hervé.

– Des avis de recherche comme pour les criminels, s'insurgea Delphine.

– Non, comme pour les enfants disparus, rectifia le comte. Il n'est pas question de traiter Fauvette autrement. Merci de votre avertissement, Jeanne, voilà mon cavalier hors d'atteinte.

Delphine parut soulagée et la comtesse fronça les sourcils.

– Ainsi, vous êtes sûre que Fauvette s'est enfuie très très loin, mère ? demanda Gabrielle.

– Comment se serait-elle nourrie et logée sans qu'on le sache ? répondit la comtesse. J'ai appris qu'elle n'avait pas assisté à l'enterrement de sa mère.

À ces mots, Delphine tressaillit légèrement mais personne ne s'en aperçut.

– Non, croyez-moi, nous n'entendrons plus jamais parler d'elle, poursuivit la comtesse avec un accent de triomphe. Échec et mat, mon ami ! Trop occupé avec mon fou, vous avez négligé ma reine et c'est elle qui vous a perdu.

– On ne se méfie jamais assez des femmes, sourit le comte en déposant un baiser sur la main de la sienne.

– Afin de célébrer cette écrasante victoire, je vous offre du chocolat glacé, décréta la comtesse, la main déjà posée sur la sonnette.

– Oh la bonne idée que voilà ! s'écria Gabrielle en frappant des mains.

En dehors de tout le reste, ce fut un réel soulagement de ne plus entendre le clavecin.

– Hélas, il n'y a plus de chocolat, leur apprit le comte, et le *Colombo* n'est pas annoncé avant la fin septembre.

– Pour ton anniversaire, Delphine, quelle chance tu as ! fit remarquer Gabrielle en oubliant qu'elle n'avait pas encore digéré le chocolat qu'elle avait englouti pour le sien. Mais j'y songe, et si nous te faisions un gâteau au chocolat ! Vous croyez que c'est possible, mon père, un gâteau au chocolat ?

– Voilà bien une invention d'enfant ! s'amusa le comte. C'est entendu, nous essayerons, pour vous faire plaisir, Gabrielle, mais je ne garantis pas le résultat.

Les commentaires de la comtesse sur Fauvette donnèrent beaucoup à réfléchir à Delphine. Effectivement, si elle était encore dans les parages, comment s'était-elle logée et nourrie ? Son départ pour des contrées moins hostiles lui semblait de plus en plus évident, cependant elle voulait en avoir le cœur net. Il y avait un endroit à Renvers, le seul qu'elle n'avait pas inspecté parce qu'il leur faisait peur à elle et Fauvette. Il s'agissait d'une ancienne tour de guet à moitié démolie au milieu de la forêt.

Les gens des environs l'appelaient « la tour maudite ». À les en croire, un démon y aurait élu domicile et quiconque oserait la démolir attirerait la malédiction sur lui et sa famille pour les treize générations à venir. Aussi le comte lui-même se gardait-il bien d'y toucher. Jamais Delphine ou Fauvette n'avaient osé s'en approcher. D'ailleurs personne ne s'y aventurait jamais. Les loups faisaient un grand détour pour ne pas la croiser et les corbeaux évitaient soigneusement de la survoler. Pourtant Delphine pensa que, si Fauvette était encore à Renvers, c'est forcément dans la tour maudite qu'elle avait trouvé refuge, là où elle savait que personne ne viendrait la chercher. Malheureusement, la tour maudite était trop éloignée du château pour espérer y aller et revenir en plein jour sans éveiller les soupçons. Malgré la peur qu'elle lui inspirait, Delphine se résigna à s'y rendre la nuit suivante.

Minuit sonna à l'horloge du clocher. Delphine pensa à Mirabelle, mais ce n'était pas le moment, elle avait une mission à accomplir. À son grand soulagement, la comtesse avait relevé le valet de la garde devant sa porte et Delphine n'eut pas à sortir par la fenêtre. Enveloppée dans sa grande cape grise, une maigre chandelle à la main, elle avait elle-même l'air d'un démon en quête d'une proie à dévorer. Elle essaya de chasser les angoissantes images qui traversaient son esprit, mais ce n'était pas facile quand elle entendait un parquet grincer ou un hibou hululer sournoisement dans la nuit. Elle ne rencontra cependant ni monstre ni humain sur son chemin. La lourde porte d'entrée s'ouvrit avec un grincement qui déchira le silence. Delphine crut que son cœur allait s'arrêter. Elle resta un instant immobile, l'oreille tendue. Personne ne semblait s'être réveillé. Delphine souffla sa chandelle, se glissa dehors et se faufila jusqu'aux écuries en rasant les murs. On aurait dit une chauve-souris géante dans le clair de lune blafard.

Général fut très surpris de la voir arriver. Très surpris, mais aussi très content de cette sortie imprévue. Il lui fit la révérence en hennissant de plaisir.

– Chut, tu vas nous faire repérer, chuchota Delphine en le sellant (elle avait pris une selle de garçon et tant pis pour la comtesse). Ne remue donc pas ainsi, elle est méchamment lourde cette selle, et toi toujours aussi haut. Aide-moi plutôt, baisse-toi… là… voilà. Et c'est à la tour maudite que l'on va, alors ne te réjouis pas trop vite.

Entre les écuries et la forêt, il y avait un grand parterre de gravier à traverser, crissant sous les sabots, et bien visible du château. Général aurait voulu galoper tout de suite, mais Delphine, couchée sur son encolure, le fit aller au pas jusqu'au couvert des arbres. Là, certaine que plus personne ne pouvait la voir, elle talonna Général, qui se cabra et partit comme une flèche.

Il ne se sentait plus de joie. Cependant, à mesure qu'il se rapprochait de la tour, son enthousiasme retombait. Il ralentit, au simple galop, puis au trot, puis au pas. Arrivé en vue de la tour maudite, il stoppa carrément et voulut rebrousser chemin.

– Allons, grand et fort comme tu l'es, tu ne me feras pas croire que ce tas de cailloux t'effraye, dit Delphine qui avait espéré que Général la protégerait un peu mieux.

Comme s'il avait compris, Général s'ébroua, vexé.

– Voilà un bon soldat, le félicita Delphine quand il se remit vaillamment en marche.

Malheureusement pour elle, l'entrée de la tour était trop étroite pour Général, et Delphine dut mettre pied à terre. Pénétrer toute seule en ce lieu ne lui semblait pas de bon augure. En cas de danger, elle savait que Général viendrait à son secours n'importe où, mais à l'intérieur de la tour maudite elle ne pourrait compter que sur elle-même.

– Pourquoi ai-je commis la sottise de laisser ma chandelle au château ? soupira-t-elle en réalisant qu'elle n'avait aucune lumière. Attends-moi là, prêt à partir, Général.

Général secoua la tête de haut en bas et se tint au garde-à-vous. Delphine lui adressa un dernier regard et s'engouffra dans la tour.

Le rez-de-chaussée n'avait rien d'extraordinaire. Avec ses pierres effritées et ses ronces, il était exactement ce à quoi on pouvait s'attendre d'une ruine. Rien de très effrayant, sauf les toiles d'araignées déchirées que Delphine s'efforça d'ignorer et d'éviter. Mais quelle ne fut pas sa surprise en apercevant un halo de lumière au premier étage ! Son cœur se mit à tambouriner dans sa poitrine. Cette lumière c'était soit Fauvette, soit le démon. Mais pourquoi un démon aurait-il eu besoin d'une lumière ? Réconfortée par cette réflexion logique, Delphine entreprit de monter l'escalier à vis qui, comme le reste de la tour, menaçait de s'écrouler à chaque instant. Il était en bois vermoulu et grinçant. Delphine aurait préféré qu'il soit un peu plus stable et beaucoup moins bruyant. Enfin elle parvint au premier étage. Son instinct ne l'avait pas trompée. Quelqu'un vivait là et ce n'était pas un démon à en juger par le mobilier. Sur une table branlante, un chandelier éclairait la pièce. Dans un coin, Delphine vit un lit et des livres posés à même le sol. Delphine n'avait jamais entendu dire que les démons lisaient des livres et cela la rassura un peu. Les meurtrières étaient obstruées par des planches. À côté du chandelier il y avait un pichet de vin et des restes de nourriture séchaient dans une écuelle. Delphine n'avait jamais entendu dire non plus que les démons mangeaient comme les humains. Elle sourit.

– Trêve de mystère, montre-toi, Fauvette, je sais que tu es là, dit-elle complètement rassurée à présent.

Seul un hululement lui répondit. Malgré elle, Delphine tressaillit.

– Si tu cherches à me faire peur, félicitations, tu as réussi. Mais maintenant ç'en est assez, Fauvette, l'heure n'est plus aux jeux, tu le sais mieux que personne. Montre-toi, voyons. Que crains-tu ? Jamais je ne trahirai ton secret.

– Ça, j'en suis certain ! dit une voix gutturale derrière Delphine.

Et avant qu'elle ne se retourne, une main s'était abattue sur sa bouche tandis qu'une lame en acier se posait contre sa gorge.

Delphine se débattit, tenta d'appeler au secours, mais son agresseur était bien plus grand et fort qu'elle et il la tenait fermement. Elle parvint cependant à lui mordre la main, aussi fort qu'elle le pouvait. Sa bouche se remplit du goût du sang.

– Aïe ! On m'avait averti qu'un démon hantait ce lieu, mais je ne m'attendais certes pas à un petit diablotin aussi déchaîné. Allons, du calme, mon petit ami, je peux te tuer sans douleur à la condition que tu cesses de gesticuler.

Delphine savait que sa dernière heure était arrivée. Elle pouvait toujours sentir la froide lame en travers de sa gorge. Elle n'allait cependant pas faciliter la tâche de son assassin. Elle devait tout tenter pour gagner du temps, ou essayer de l'impressionner.

– C'est toi le démon ! hurla-t-elle. Lâche-moi, méchant démon, ou tu tâteras de mon épée, je t'en préviens.

– Une épée ? Je n'en vois pas. Tu l'as sans doute laissée sur ton cheval qui me paraît hélas hors d'atteinte. Ma parole, quelle drôle de voix tu as, petit diablotin ! On jurerait entendre une fille !

– C'est parce que je suis une fille ! éructa Delphine en se débattant de plus belle.

– Une… une fille ? répéta l'assassin en desserrant son étreinte. Quoi, comment cela une fille ? Quelle fille ?

– La fille du comte de Renvers, maître de ce lieu, répondit Delphine. Et je ne te conseille pas de toucher à un seul de mes cheveux si tu ne veux pas provoquer son courroux.

– La fille du comte de Renvers ?

Cette fois, l'assassin fut si surpris qu'il lâcha prise. Delphine en profita pour bondir sur le chandelier.

– Arrière, démon ! cria-t-elle en le tendant devant elle.

Il était cependant si lourd que Delphine croulait sous son poids. Elle n'aurait pas longtemps la force de le tenir. Dans la lumière vacillante, elle put néanmoins contempler son agresseur. Sous ses cheveux gris et hirsutes, ses sourcils en bataille et sa barbe mal taillée, il ne ressemblait pas à l'idée qu'elle se faisait d'un démon. Il avait plutôt l'air d'un naufragé, avec ses vêtements en lambeaux et son allure de chien errant. Seule sa dague, joliment travaillée et du plus bel acier, dépareillait l'ensemble. Ses yeux grands ouverts fixaient Delphine comme s'il n'avait jamais rencontré de fillette avant elle. Il avait l'air aussi surpris de la voir qu'elle de le découvrir.

– La fille du comte de Renvers, répéta-t-il encore.

Delphine releva le chandelier.

– Pour vous servir, ironisa-t-elle.

Son nom paraissait avoir de l'effet. Il fallait qu'elle en tire avantage et vite, c'était son seul espoir.

– Il suffit, dit-elle. Tu vas me jurer de ne plus m'attaquer, de lâcher cette dague et de me suivre docilement au château. Si tu me donnes ta parole d'honneur, je ne dirai pas à mon père que tu as voulu m'assassiner. Les vagabonds ne sont pas les bienvenus à Renvers, mais on te donnera à manger et tu pourras reprendre ta route.

L'homme eut alors une réaction très étrange. Il se laissa tomber sur le lit et éclata d'un rire sans joie.

– Un vagabond ! Oui, c'est bien cela, un vagabond ! gémit-il, puis son visage se tordit en une grimace de douleur et de grosses larmes roulèrent sur ses joues.

L'homme pleurait.

Prise au dépourvu, Delphine ne sut pas quoi faire. Elle n'avait jamais vu un homme pleurer, encore moins un homme de cet âge, et cette vision avait quelque chose de terrible et d'émouvant à la fois. Delphine sentit la pitié envahir son cœur. Elle ne savait pas pourquoi mais une chose lui parut soudain évidente : cet homme ne lui ferait plus jamais le moindre mal. Elle reposa le chandelier.

– On… on vous donnera un peu d'argent, si vous voulez.

À l'instant où elle prononçait ces mots, elle sut, sans pouvoir se l'expliquer, qu'elle proférait une absurdité parce que cet homme, tout miséreux qu'il fût, n'aurait jamais accepté une aumône. Elle eut l'impression de l'avoir insulté et se sentit encore plus gênée si c'était possible. Un long moment s'écoula, entrecoupé par les reniflements du vieil homme. Delphine lui tendit timidement son mouchoir. Quand il eut séché ses larmes il releva la tête.

– Merci, mademoiselle, merci et pardon, je n'avais nullement l'intention de vous assassiner.

– Vous m'avez pourtant attaquée, lui rappela Delphine.

– J'espérais juste vous effrayer assez pour vous faire passer l'envie de revenir dans les parages.

– Cette tour appartient à mon père, vous ne pouvez pas m'en chasser.

– C'est bien cela le problème, répondit l'homme.

Et Delphine se demanda ce qu'il comptait faire d'elle.

Il avait toujours la jolie dague dans les mains.

– Si vous me promettez de partir sans jamais revenir, je vous promets de mon côté que je ne dirai à personne que je vous ai vu, dit-elle.

– Cela est impossible. Je dois rester.

– Vous… vous allez…

– Oh non, je ne vous ferai pas de mal, mais vous tiendrez votre langue et je ne partirai pas. C'est comme cela que je vois les choses.

– Vous ne manquez pas de toupet ! s'indigna Delphine. Vous êtes chez mon père. Je refuse de lui mentir sur un sujet aussi grave. D'autant plus qu'une série de vols a été commise au château et que ce chandelier vient du grand salon, ajouta-t-elle en pointant un doigt accusateur vers la table. J'ajouterais, sans hésiter, que cette dague est de trop noble facture pour vous appartenir. Me trompé-je ?

L'homme se leva d'un bond et fixa Delphine de ses grands yeux fous.

– Seriez-vous en train de me soupçonner, mademoiselle ? De me traiter de voleur ?

– Une personne est morte à cause de ces vols et ma meilleure amie, accusée de complicité, a disparu, expliqua Delphine. Si vous savez quelque chose, votre devoir est de venir tout révéler.

– Je n'ai jamais rien volé de ma vie. Je ne sais rien de ces vols, je le jure.

Dans un mouvement de rage, il lança son arme, qui se planta dans le plancher en vibrant.

– Apprenez que cette dague est dans ma famille depuis trois générations, dit-il avec fierté.

– Mais pas le chandelier, répliqua Delphine. Alors, comment est-il arrivé ici ?

– C'est… on… on me l'a donné.

– Qui ?

– Je… vous… Écoutez, mademoiselle, vous en savez déjà beaucoup trop. Vous n'auriez jamais dû venir dans cette tour. On m'avait certifié que personne n'y venait jamais. Vous êtes vraiment très courageuse, je me dois de l'admettre, mais votre témérité peut mettre la vie de plusieurs personnes en danger, y compris la vôtre. Rentrez chez vous à présent, oubliez notre rencontre, ne cherchez pas à en savoir plus et taisez-vous. Je vous promets que vous serez débarrassée de moi d'ici l'automne. Je vous en donne ma parole d'honneur. Cinq semaines, je vous demande de garder le secret pendant cinq semaines. Vous me faites confiance ? Regardez-moi dans les yeux. Oui, je peux dire que vous me faites confiance et moi aussi je vous fais confiance. Vous êtes une Renvers, cela me suffit.

Tout en parlant, il l'avait entraînée jusqu'au-dehors. En voyant cette espèce d'énergumène qui brandissait un chandelier d'un côté et tenait sa maîtresse de l'autre, Général se cabra en hennissant de colère, prêt à en découdre. L'homme lâcha Delphine et courut se réfugier dans la tour.

– Je vous fais confiance, répéta-t-il une dernière fois avant de claquer le morceau de porte décharnée qui tenait encore aux gonds par on ne savait quel miracle.

Chapitre 12
Rendez-vous à minuit

Pendant une semaine Delphine garda le silence sur les événements de la tour maudite. Elle ne cessait d'y penser, cependant, et devant son air absent, monsieur de la Tour-Guindée en arriva à la conclusion que son cas était irrévocablement désespéré. Le huitième jour, une nouvelle vint tout remettre en cause.

– Je dois me rendre à Paris pour mes affaires, dit le comte au petit déjeuner.

Cette annonce fit sursauter Delphine et elle laissa tomber sa cuillère dans sa soupe, répandant des éclaboussures à la ronde.

– Ma robe, Delphine ! s'écria Gabrielle épouvantée. La voilà toute perlée de soupe, bravo !

La comtesse lança un regard de reproche à Delphine et emmena Gabrielle pour réparer cet épouvantable drame.

– Vous partez pour Paris, père ? répéta Delphine une fois les deux autres sorties.

– Eh bien, oui. Pourquoi cela vous chagrine-t-il autant ? Ce n'est pas la première fois. Oh, j'y suis ! Vous aimeriez m'accompagner, c'est bien cela ? Hélas, je ne crois pas que Jeanne voie d'un très bon œil ces nouvelles vacances improvisées. J'aimerais vous emmener, vous le savez, mais vous devez sans doute apprendre les responsabilités. Je regrette sincèrement ma chère enfant, mais vous ne viendrez pas avec moi.

– C'est que…

– Inutile d'insister, l'interrompit le comte en fronçant les sourcils. Allons, l'âge des caprices est terminé. Effacez donc cet air renfrogné. Et puis je ne pars que trois semaines, ce sera vite passé. Je vous promets d'être de retour à temps pour votre anniversaire.

– Mais si entre-temps un drame survient ? demanda Delphine de plus en plus inquiète.

– Oh, non, vous n'allez pas vous y mettre à votre tour, soupira le comte.

En entendant le mot « tour », Delphine sentit son cœur tambouriner à tout va. Avec son père près d'elle, elle n'avait jamais peur de rien. Le vieil homme de la tour ne ferait pas le poids face à lui, mais s'il s'éloignait pendant trois semaines, qu'allait-il arriver ?

– Delphine… Delphine, appela le comte pour la sortir de ses sombres pensées. Il va être l'heure de votre cours de maintien.

En parlant de cela, si vous pouviez faire un effort, je n'aurai pas à lire les rapports de vos professeurs à mon retour. Je ne sais pas ce qui me fatigue le plus, leur longueur ou leur ennui… Delphine ?

– Père, je… il y a une chose que je dois vous avouer, dit Delphine en fondant en larmes.

– Allons donc, que se passe-t-il encore ?

Delphine regarda tout autour d'elle pour s'assurer que personne ne pouvait l'entendre. Elle s'essuya les yeux, baissa la voix et dit dans un souffle :

– Père, je… je me suis rendue à la tour maudite.

Le comte sursauta.

– Comment ? Vous, petite chose sans défense, êtes allée jusqu'à cet endroit du diable que les plus braves évitent ? Pourquoi, grands dieux ?

– J'espérais y retrouver Fauvette.

– Je vois. Vous vous y êtes rendue seule ?

– Seule et de nuit, précisa Delphine. Et là, j'ai vu…

– Taisez-vous.

– Père, vous devez m'écouter.

– Taisez-vous, vous dis-je, répéta le comte en se levant.

Lui aussi à présent regardait de tous côtés.

Delphine n'aurait jamais cru que son père ait aussi peur de la tour qu'une paysanne superstitieuse. Elle eut presque honte de lui en le voyant se précipiter aux fenêtres et aux portes comme pour vérifier qu'aucun démon ne se cachait derrière. Mais sa honte se transforma en stupéfaction quand son père la prit par le bras et l'entraîna hors du grand salon en lui disant :

– Vous rendez-vous compte, jeune écervelée, que votre témérité met la vie de plusieurs personnes en danger, y compris la vôtre ?

– Tudieu ! C'est exactement ce qu'il a dit, s'exclama Delphine. Dans la tour, il y a un vieil hom…

– Ne jurez pas et pour l'amour du ciel plus un mot sur cette affaire, Delphine ! insista le comte.

– Mais, père, vous ne voulez pas savoir ?

– Je sais déjà, figurez-vous, dit le comte en la fixant droit dans les yeux.

Delphine ne l'avait jamais vu si sérieux.

– Et je sais surtout que ce ne sont pas les affaires des petites filles, poursuivit-il. Veuillez, je vous prie, oublier tout ce que vous avez vu et entendu dans cette tour, tenez votre langue et concentrez-vous sur vos études. C'est cela votre priorité.

Un laquais vint prévenir que le carrosse de monsieur le comte était avancé. Il fit voler sa cape de voyage sur ses épaules, mit son grand chapeau à plumes et adressa un dernier regard insistant à Delphine avant de sortir.

Delphine n'aurait pas cru que son père lui donnerait plus à réfléchir que le vieil homme. Ainsi donc il savait. Il savait qu'un vagabond habitait la tour maudite et il le laissait faire. Elle aurait tant aimé qu'il lui en parlât plus longuement. Trois semaines avant son retour… Jamais elle ne tiendrait aussi longtemps sans pouvoir parler de toutes ces choses à quelqu'un. Si seulement Fauvette était là. Mais non, même avec Fauvette c'eût été impossible, le comte lui avait formellement interdit d'en parler à quiconque.

Il ne restait plus à Delphine qu'à se concentrer sur ses cours, mais c'était beaucoup plus difficile à faire qu'à dire. Entre les reproches de monsieur de la Tour-Guindée, les babillages incessants de madame de Revêche, les bavardages insipides de Gabrielle et les remontrances de la comtesse, Delphine avait l'impression d'étouffer. Et la surveillance étroite de Germaine n'arrangeait rien. Car Delphine en était sûre à présent, si la comtesse avait enlevé le valet devant sa porte c'était parce qu'elle n'en avait plus besoin. Germaine lui rapportait tout. Du matin au soir, Delphine sentait ses petits yeux fouineurs dans son dos. À plusieurs reprises, elle l'avait surprise en train d'examiner un vase ou un rideau quand elle se retournait sans crier gare. Germaine disait qu'elle inspectait le travail des soubrettes, mais Delphine savait qu'en vérité c'était elle l'objet de l'inspection. Le seul moment où elle pouvait enfin respirer librement c'était le soir au fond de son lit. Là, Delphine réfléchissait. « Déjà une semaine que père est parti, reste deux avant son retour, se dit-elle. Au pire, cela fait quinze jours en tout, puis quatorze, puis treize, puis… »

Non décidément elle ne tiendrait pas, il fallait qu'elle parle, mais à qui ? Gabrielle ? Elle était trop proche de Germaine et constamment dans les jupes de sa mère. De plus elle aurait été terrorisée de savoir qu'un mystérieux inconnu rôdait dans les environs. Delphine songea que tout Renvers serait au courant dans la minute qui suivrait. Ne restait que Général. Avec lui pas de danger qu'il allât tout répéter, et il partageait déjà le secret. C'était mieux que rien, mais Delphine devait redoubler de prudence, car à chaque fois qu'elle se rendait aux écuries, bizarrement Germaine avait des recommandations à faire aux palefreniers qu'elle ignorait royalement le reste du temps.

« Tiens, mademoiselle va aux écuries ? Il se trouve que par le plus grand des hasards je dois m'y rendre aussi. Allons-y ensemble. Madame la comtesse désire ses quatre chevaux noirs pour aller chez la marquise de Ragot. La dernière fois ces imbéciles avaient attelé un brun au milieu des autres, vous imaginez l'effet. Madame la comtesse était dans un état ! Ah, si seulement on pouvait jouer du fouet dans cette maison comme dans toute bonne maison qui se respecte, que de tracas cela nous épargnerait. »

Minuit sonna au clocher du village. Delphine sauta hors de son lit et mit sa cape par-dessus sa chemise de nuit. Une bonne odeur de poulet rôti flottait encore dans l'air quand elle passa près des cuisines. Delphine sourit en imaginant Général trépigner de joie si elle lui en apportait une cuisse.

« Suis-je bête, se dit-elle. Les chevaux ne mangent pas de poulet. Par contre… »

Une idée folle venait de germer dans son esprit. Son père lui avait interdit de parler de la tour, mais pas de s'y rendre.

« Le pauvre homme serait certainement ravi de déguster un bon poulet ! » songea-t-elle en se félicitant d'avoir trouvé un merveilleux prétexte pour lui rendre une petite visite.

Elle entra dans la cuisine sur la pointe des pieds. À la lueur des dernières braises rougeoyantes dans la cheminée, elle prit un panier et y fourra une carcasse de poulet, deux ailes, une miche de pain, trois pommes et une bouteille de vin. Elle leva les yeux sur la cage à fromage accrochée à deux mètres du sol.

« Tout le monde aime le fromage, songea-t-elle, sauf les chevaux. »

Elle monta sur la table.

– Tiens, la cage est ouverte, s'étonna-t-elle. Mesdemoiselles les souris auraient-elles trouvé le moyen de grimper jusque-là ?

Comme pour répondre à sa question, un trottinement précipité se fit entendre dans la pénombre et la porte claqua d'un coup sec. Delphine sursauta.

– Quelle idiote je fais d'avoir ainsi peur d'un courant d'air, souffla-t-elle.

Elle enfouit rapidement un gros morceau de fromage dans son panier, referma la cage et sauta à terre.

Elle sortit du château avec son panier garni et fila aux écuries, le cœur battant.

Lorsqu'elle arriva à la tour, il y régnait le même silence angoissant que la dernière fois, mais Delphine n'avait plus peur. Général poussa quelques hennissements de colère. Il n'avait pas oublié comment le résident de la tour avait traité sa maîtresse adorée. Il ne fut pas déçu en le voyant foncer sur Delphine, la mine tout aussi maussade que l'autre nuit. Avec ses cheveux dressés au-dessus de sa tête, on aurait dit un vieil ermite à moitié fou surgissant de sa tanière. Il ne brandissait pas sa belle dague et cela rassura Delphine. Bien décidé à protéger cette dernière, Général prit l'air le plus menaçant possible et frappa le sol de ses sabots.

– Tout doux, mon joli, le calma Delphine en tapotant son encolure. Monsieur est un ami.

– Encore vous ! rugit l'homme sur un ton qui n'avait rien d'amical. Comment faut-il s'y prendre pour se débarrasser des fillettes trop curieuses, vous pouvez me le dire ?

– Et moi qui vous apportais de bonnes choses à manger, répliqua Delphine en ouvrant le panier. Mais si vous voulez, je peux tout aussi bien m'en retourner.

Les odeurs prometteuses qui se dégageaient du panier firent frémir le vieil homme. Ses cheveux et sa colère retombèrent subitement.

– C'est-à-dire… je… oui, bon, je… enfin bref, mais permettez-moi de vous dire que je trouve votre procédé ignoble, mademoiselle de Renvers, grommela-t-il en empoignant le panier avec avidité.

Delphine sourit.

– Ne croyez surtout pas que vos bontés auront raison de ma détermination, précisa le vieil homme en montant dans sa chambre. Je ne vous révélerai rien.

– J'en sais déjà beaucoup, figurez-vous, dit Delphine d'un air mystérieux. Par exemple, je sais qui vous a donné le chandelier.

– Tiens donc, fit l'homme en vidant le panier sur la table avec un grand sourire.

– Oui, c'est le comte de Renvers mon père, asséna Delphine triomphante.

L'homme se tut, déstabilisé. Il s'assit sur un tabouret bancal et attaqua goulûment le poulet. Delphine entendait les petits os craquer sous ses dents voraces.

– C'est bien mon père, n'est-ce pas ? demanda-t-elle.

– Et quand bien même, cela ne prouve rien, répondit l'homme en débouchant la bouteille.

– Pas si vite, vous allez étouffer, prévint Delphine en le voyant manger et boire sans reprendre son souffle.

– Voilà huit jours que je ne mange que des biscuits et des graines, expliqua l'homme en découpant une bonne tranche de fromage avec sa dague.

– Oui, depuis que père est parti pour Paris, conclut Delphine.

Nouveau silence.

– Allons, je sais tout, reprit Delphine. C'est mon père qui vous cache et qui vous nourrit.

– Il vous l'a raconté ?

– Disons qu'il me l'a fait comprendre. Il n'a aucun secret pour moi.

L'homme observa Delphine comme s'il doutait de sa parole.

– Je… je le remplace auprès de vous pendant son absence, renchérit Delphine d'un ton mal assuré.

– C'est convenu avec lui ? questionna l'homme suspicieux. La chose est étonnante, il ne m'en a pas parlé.

– Ah, j'avais raison ! s'exclama Delphine. Vous vous connaissez tous les deux !

L'homme se mordit les lèvres.

– Vous voyez que vous pouvez me faire confiance, minauda Delphine.

– Je vois surtout que, ce que vous savez, vous l'avez deviné avec votre manie de vous mêler de tout, que votre père ne vous a rien dit et qu'il ne sait probablement pas que vous êtes ici.

– C'est vrai, avoua Delphine en baissant la tête.

– Vous êtes un peu jeunette pour jouer les espionnes et tromper les adultes, dit l'homme en crachant un trognon de pomme. Vous êtes douée, je le conçois, mais vous manquez sérieusement d'expérience et ce n'est pas à un vieux singe qu'on apprend à faire la grimace.

– Et vous la faites très bien, maugréa Delphine devant son air moqueur.

– Pour vous consoler, dites-vous qu'on apprend toujours de ses échecs. La prochaine fois, vous ne dévoilerez pas votre jeu aussi facilement. Allez, retournez vous coucher et oubliez toute cette histoire. Les fillettes de votre âge jouent à la poupée et à la marelle. Ne soyez pas si pressée d'entrer dans la cour des grands. Merci pour le repas et bon vent !

– Oh, non ! Ne me renvoyez pas, par pitié, supplia Delphine. Si vous saviez comme ma vie est ennuyeuse…

– Le couplet de la pauvre petite fille riche est indigne de vous.

– Mais je pourrai vous être utile, vous apporter à manger et les dernières nouvelles. Je vois ici qu'il ne vous reste que deux bougies. Vous n'aurez bientôt plus de lumière pour lire le soir. Il vous faut une chemise neuve, votre veste a besoin d'être reprisée et vos cheveux coupés.

– Vous êtes vraiment impossible.

– Demain il y aura du rôti de bœuf.

– Impossible.

– Et de la tarte aux poires.

– De la tarte aux poires, dites-vous ?

– Les plus juteuses du pays.

– Et si l'on vous voyait ?

– Aucun danger, j'ai l'habitude, je sors souvent la nuit et personne ne m'a jamais vue.

– Souvent ?

– Enfin, c'est la deuxième fois, mais je suis très prudente et vous ne trouverez pas plus discret que Général à dix lieues à la ronde.

– Un général ? trembla l'homme en levant sa dague, prêt à vendre chèrement sa peau.

– Mais non, s'esclaffa Delphine. Général c'est le nom de mon cheval !

L'homme réfléchit un instant. Quand ses yeux se posèrent sur son bol de graines tristounettes, Delphine sut qu'elle avait gagné la partie.

– D'accord, revenez la nuit prochaine à minuit. Et n'oubliez pas les bougies… et la tarte aux poires.

Delphine revint la nuit suivante, et la suivante, et encore la suivante. Elle trouvait toujours un bon prétexte pour revenir. Des bougies, qu'elle prenait soin de ne jamais apporter en grande quantité, de la nourriture, un morceau de savon, des livres. Une fois elle apporta une tenue complète.

– Elle appartenait à notre pauvre Barrois. Il n'en aura plus besoin à présent, mais il nous voit de là-haut et je suis sûre qu'il est heureux de savoir que c'est un ami de son maître qui la porte désormais.

Elle entreprit également de lui couper les cheveux. Le résultat ne fut guère probant, mais avec les habits propres, l'homme parut nettement plus civilisé. Il refusa néanmoins tout net que l'on touche à sa barbe. Devant son obstination acharnée, Delphine comprit qu'il préférait qu'elle ne voie pas entièrement son visage.

L'homme lui était très reconnaissant de toutes ces merveilles, mais ce qu'il appréciait le plus, c'était la compagnie de Delphine. Elle lui racontait tout ce qui se passait ou s'était passé au château et il lui fit remarquer que, loin d'être ennuyeuse, sa vie était au contraire remplie de rebondissements et d'imprévus. Les péripéties avec Général et le feu d'artifice du mariage l'amusèrent follement. Delphine lui mimait ses cours de danse et les gesticulations de monsieur de la Tour-Guindée et la tour se remplissait d'éclats de rires tonitruants. Si l'étrange résident compatit à la mort de Barrois et de Mirabelle, il fut scandalisé quand Delphine lui raconta l'histoire du duc de Vreycran et de son fils Philippe, qu'il semblait avoir connus. D'après lui, il ne fallait pas croire tout ce qu'on disait sur ce noble seigneur. Il y avait certainement une autre raison qui l'avait poussé à tuer le marquis de Carambouille.

– Un jour peut-être le duc de Vreycran reviendra tout expliquer, conclut-il le regard triste, perdu dans le vide.

Ils essayèrent ensuite de démêler le mystère du voleur de Renvers, mais sans pouvoir sortir de la tour et sans nouvel élément, la tâche leur parut vite insurmontable. Cependant, la tour maudite était une cachette idéale et Delphine apporta une nuit une cassette avec tous les bijoux que le voleur n'avait pas dérobés, en demandant à son nouvel ami de bien vouloir y veiller. Le vieil homme faillit fondre en larmes devant cette ultime preuve de confiance. La disparition de Fauvette leur donna aussi du fil à retordre, mais là encore, ils durent se résigner. Fauvette s'était sauvée pour de bon et avait emporté son secret avec elle.

Toujours enjouée et de bonne humeur, Delphine était le seul être humain à qui le vieux bonhomme parlait et il attendait ses visites avec impatience. Il se gardait bien de le lui dire, cependant, car il craignait qu'elle en tire avantage. Elle tentait toujours de le faire parler pour savoir qui il était, pourquoi il se cachait, pourquoi il avait si peur des généraux et d'où il connaissait le comte. Mais comme Fauvette, le vieil homme gardait farouchement ses secrets.

– Vous pourriez à tout le moins me dire votre nom, lui reprocha Delphine au bout d'une semaine.

– La Tour-Guingois, répondit-il en montrant son pauvre logis.

– Ça, vous venez de l'inventer, devina Delphine, moitié amusée, moitié mécontente.

Chapitre 13
Le secret du comte de Renvers

– Vous m'avez mandée ? dit Delphine en entrant un après-midi dans le boudoir de la comtesse.

– Monsieur de la Tour-Guindée m'a fait savoir que vous étiez de moins en moins attentive pendant les cours et que vous arriviez systématiquement en retard chaque matin tant vous mettez de mauvaise volonté lorsque Germaine vient vous réveiller, répondit la comtesse les poings sur les hanches. Madame de Revêche m'a signalé quant à elle que vous avez bâillé à trois reprises hier. Gabrielle en était toute gênée pour vous.

Elle la toisait de toute sa superbe et Delphine n'osa pas s'asseoir. Il est vrai qu'avec ses heures passées dans la tour, les nuits de Delphine avaient diminué de moitié et que c'était pendant les cours que le besoin de sommeil se faisait le plus sentir.

– Eh bien, j'attends vos explications, reprit la comtesse après deux minutes de silence. Vous savez combien votre éducation nous coûte. Cela représente beaucoup de sacrifices pour que vous puissiez un jour faire votre entrée dans le grand monde. Vous avez une drôle de manière de nous montrer votre reconnaissance.

– Je suis parfaitement heureuse de vivre ici et je n'ai nullement l'intention de faire mon entrée dans le grand monde, dit Delphine, et devant le regard de la comtesse elle sut instantanément que ce n'était pas la réponse que celle-ci espérait.

– Regardez l'ingrate ! Sachez, mademoiselle, que votre devoir en tant que fille de noblesse est d'être un jour admise à la cour du roi et d'y trouver un bon parti. Votre famille vous le demande, l'honneur vous y oblige.

– C'est le rêve de Gabrielle, pas le mien, répliqua Delphine bien décidée à ne pas se laisser faire.

– Les seuls rêves que vous devez réaliser sont ceux de vos parents, petite insolente !

– Le rêve de mon père étant de me voir heureuse, nous sommes donc d'accord.

– J'ai su, siffla la comtesse entre ses dents, à l'instant où je vous ai vue la première fois dégringoler cet escalier pour faire votre intéressante, j'ai su que vous seriez une source d'ennuis. Depuis deux ans que je le connaissais, votre père ne tarissait pourtant pas d'éloges à votre égard. « Vous verrez, m'assurait-il, Delphine n'est que gentillesse et joie de vivre, elle vous aimera comme une seconde mère. » Mais les pères sont aveuglés par les cajoleries et veulent toujours croire que leurs filles sont des modèles de vertu.

– Mon père n'est pas aveuglé et jamais je n'ai voulu faire mon intéressante, protesta Delphine avec fougue. Croyez-vous que cela m'amusa de montrer mes pantalons et de me tordre la cheville ?

– Allons, allons, pas de cela entre nous, ricana la comtesse. Nous sommes femmes, nous nous comprenons. Vous étiez ce jour-là la reine de la fête jusqu'à ce que j'arrive. Alors tous les regards et en particulier celui de votre père se sont tournés vers moi. Vous deviez agir, c'était de bonne guerre.

– Je n'entends rien à ce que vous dites. De quelle guerre parlez-vous ?

– De même lors de mon mariage, continua la comtesse sans prêter attention à ses protestations. Vous avez tout fait pour m'humilier en manœuvrant afin qu'une souillon soutienne ma traîne. Vous avez dû bien vous amuser toutes les deux, qui se ressemble s'assemble, en tirant sur ma traîne pour me faire chuter devant tous les invités. Fort heureusement, moi, je n'ai jamais bâillé en cours de maintien. Comme vous avez dû enrager ce soir-là, quand votre complice Fauvette a raté son attentat ! Car c'était bien moi qu'elle visait en jetant le salpêtre dans la cheminée, n'est-ce pas ? J'ai vu clair dans votre jeu dès le début, ma petite. Vous n'êtes désormais plus la maîtresse de maison, et pour me désobliger et même me nuire, vous vous efforcez depuis de contrecarrer tous mes plans.

– Quels plans ?

– Je vous l'ai dit, fulmina la comtesse exaspérée, nous sommes entre nous, inutile de jouer les naïves ! Dès qu'elle est en âge de penser, une femme fait des plans afin d'obtenir ce qu'elle veut et je lis dans les vôtres comme dans un livre ouvert. Ce que vous voulez, c'est me voir chassée d'ici ! Ne niez pas, j'ai tout compris ! Je suis cependant au regret de vous dire, ma chère, que vous n'y parviendrez pas. Maîtresse en ce château je suis et demeurerai, que cela vous plaise ou non. D'ailleurs si cela ne vous plaît pas, je saurai bien convaincre votre père de vous envoyer en pension dans quelque couvent parisien… pour votre bien, évidemment, et afin d'y parfaire votre éducation, ajouta-t-elle avec un rire machiavélique.

Delphine dut rassembler toutes ses forces pour ne pas tomber à la renverse. La comtesse semblait métamorphosée. Elle ne ressemblait plus du tout à la noble et distinguée personne que chacun connaissait.

– Vous perdez l'esprit, madame, dit Delphine quand la comtesse eut fini de rire. Mon père ne vous laissera pas faire et quand il verra votre vrai visage, il…

– Quel visage ? demanda la comtesse en écarquillant les yeux d'incrédulité. Celui que sa fille rongée de jalousie lui dépeindra ? Ne croyez-vous pas que le cher pauvre homme a assez souffert par votre faute ?

– Ma faute ?

– Barrois, Mirabelle, Fauvette, tous ces traîne-misère que vous avez accueillis sous ce toit comme des animaux errants, que vous avez considérés comme votre famille et qui sont morts du poids de leur déshonneur ou qui se sont enfuis avec l'argenterie. Voulez-vous en plus lui infliger le spectacle de sa malheureuse petite fille maltraitée par sa méchante belle-mère ? Le mauvais conte que voilà ! C'est vous qui perdez l'esprit. Nous devons avant tout penser à son bonheur, et son bonheur, c'est de voir sa famille heureuse et unie autour de lui. Je suis prête à tout vous pardonner et à oublier cette histoire de couvent si, de votre côté, vous me promettez d'être obéissante, de bien écouter vos professeurs ainsi que Germaine, et de ne plus chercher à me nuire.

– Je n'ai jamais voulu vous…

– Ta, ta, ta, coupa la comtesse en la prenant par les épaules, je vous l'ai déjà dit, j'ai tout saisi et même je vous comprends, mais pour l'amour de votre père, vous devez cesser ces absurdes manèges qui ne vous amèneront qu'à créer plus de désordre encore. Vous devez accepter que votre père refasse sa vie avec une femme qui n'aspire qu'à le rendre heureux. Je devine un cœur pur sous votre épaisse couche de rancœur malveillante. Comme vous devez être lasse de vous battre contre une adversaire trop forte pour vous. Eh oui, l'amour que je partage avec votre père me rend invincible, ainsi voyez comme votre cause est perdue d'avance. Je vais vous confier mon plan le plus secret, il est fort simple en vérité : je veux le bonheur de chacun dans cette maison, le vôtre autant que le mien. Si vous m'y aidez,

Renvers sera connu comme l'endroit le plus heureux de la terre, si vous y mettez obstacles, beaucoup souffriront et ce château deviendra celui des malheurs. Je vous en conjure, ma chère Delphine, ma… fille, si vous le permettez, demandons-nous mutuellement pardon, soyons amies et embrassons-nous.

Son visage avait complètement changé. Sa bouche s'étirait en un sourire implorant, son menton tremblait d'émotion et ses grands yeux bleus et doux s'emplirent de larmes.

– Est-ce le fruit de mon imagination ? demanda Delphine décontenancée.

– Quoi donc, très chère enfant ?

– Vous sembliez si… et maintenant… je…

– C'est la culpabilité qui vous trouble, ma pauvre fille. Vous êtes en train de réaliser combien vous avez eu tort de vous en prendre à moi qui n'ai d'autre ambition que votre contentement. Vous réalisez combien vous m'avez mal jugée. Mais c'est oublié, vous dis-je, désormais seul l'avenir compte, et l'avenir, c'est votre père, mon tendre époux qui s'en revient de Paris aujourd'hui même. Et le *Colombo*, les cales bourrées de chocolat, qui a été aperçu au large de Saint-Malo. Quel merveilleux anniversaire sera le vôtre cette année ! Vous n'avez aucune idée des surprises qui vous attendent, faites-moi confiance. Allons vite prévenir votre sœur Gabrielle.

Le retour du comte fut accueilli par tous avec joie. Delphine remarqua plusieurs gros paquets qu'il n'avait pas en partant et se demandait ce qu'ils pouvaient bien contenir. Quand elle le questionna, il répondit qu'à l'approche de son anniversaire nul n'était autorisé à poser de questions indiscrètes. Cela la remplit d'impatience. Cependant, quelque chose d'autre éveillait plus encore sa curiosité. Prenant son courage à deux mains, elle alla rejoindre son père dans les écuries le lendemain matin à l'aube. Il avait commandé qu'on lui sellât son cheval à la première heure. Ses sacoches étaient pleines à craquer.

– Si c'est de la nourriture, je puis vous affirmer qu'il n'en a pas besoin, dit Delphine. J'ai pourvu à tout.

– Je suis désolé, mais je n'ai point de temps pour les devinettes, répondit le comte. Et lorsque vous dites « pourvu à tout », j'espère que vous parlez de vos leçons. L'énorme rapport que j'ai aperçu sur mon bureau, et que je n'ai pas encore trouvé le courage de lire, ne me laisse, hélas, que peu d'espoir de ce côté-là.

– Non, je parlais de la nourriture, père.

– Quelle nourriture ?

– Celle que vous avez dans vos sacoches.

– Pourquoi emporterais-je autant de nourriture dans ma promenade ?

– Et pourquoi emporter ces lourdes sacoches pour une simple promenade ?

– Pour… pour faire maigrir Ferval qui en a grand besoin. Voyez la sangle de sa selle qu'il a fallu desserrer de deux crans.

Le glouton a profité de mon absence pour engraisser outrageusement.

– Vous mentez aussi mal que monsieur de la Tour-Guingois, père, répondit Delphine avec un petit sourire malicieux.

– Vous vous méprenez, c'est monsieur de la Tour-Guindée. Et s'il exagère et prend tout au tragique, je ne sache pas qu'il mente.

– Non, non, je ne me méprends nullement, c'est bien monsieur de la Tour-Guingois dont je parle, ou quel que soit son vrai nom. Il aurait tout aussi bien pu choisir la Tour-Bancale ou mieux encore la Tour-Maudite…

– Delphine ! lança le comte en regardant autour de lui.

– Père ?

– Je vous avais pourtant bien recommandé de n'en souffler mot.

– Et je vous ai obéi, rassurez-vous. Seulement…

– Seulement ?

– Je pouvais bien en parler avec la Tour-Guingois qui est au courant tout autant que moi qu'il habitait la tour. Et attendu que vous ne m'aviez pas interdit d'aller le voir…

– Vous vous êtes crue autorisée à y aller ! conclut le comte en colère. Delphine, Delphine !

– Oh, père, le pauvre homme mourait de faim. Vous rendez-vous compte que vous ne lui aviez laissé que quelques biscuits rassis et des graines pour les oiseaux. Je vous signale au passage que si c'est le reste de la tourte au canard que vous espérez lui faire manger, il n'aime pas le canard et préfère le poulet rôti et surtout la tarte aux poires. En outre, vous le trouverez bien changé, je l'ai vêtu de pied en cape, j'ai coupé ses chev…

– Croyez-moi, pour l'heure, le du… je veux dire la Tour-Guingois se moque éperdument de ce qu'il mange ou de ce qu'il porte.

– Ce n'est pas l'impression qu'il m'a faite. Il était ravi de mes attentions et nous sommes devenus très bons amis. Il sait qu'il peut me faire confiance, alors pourquoi pas vous ?

– Là n'est pas la question, j'ai entièrement confiance en vous, c'est pour votre sécurité que je m'inquiète et pour celle de votre mère et de votre sœur.

– C'est un criminel ?

– Certains le pensent.

– Il paraît si gentil pourtant. Ne me dites pas qu'il va tous nous égorger.

– Rassurez-vous, vous n'avez rien à craindre de lui, rit le comte. Mais, retenez bien ceci, ajouta-t-il en retrouvant tout son sérieux. Si quelqu'un venait à apprendre que je cache des opposants au régime, nous finirions tous au gibet de Montfaucon.

– Des opposants au régime ! s'écria Delphine horrifiée. Père, vous complotez contre le roi !

– Silence, malheureuse enfant ! maugréa le comte en se précipitant sur Delphine. Je m'efforce de vous garder à l'abri des dangers alors restez-y et ne compliquez pas les choses.

– Mais père, le roi !

– Non pas le roi, ses ministres, Concino Concini en tête. Tout cela relève de haute politique, vous ne sauriez comprendre à votre âge.

– Il suffirait de me l'expliquer. C'est bien le roi qui nomme ses ministres, non ? Donc si vous êtes contre les ministres, vous êtes forcément contre le roi !

– Le roi a le même âge que vous, expliqua le comte en secouant la tête. Vous imaginez-vous nommer des ministres, gouverner le royaume et commander les armées à dix ans ?

– Dix ans, onze mois et vingt-cinq jours, précisa Delphine.

– Peu importe. Apprenez que, lorsqu'un roi est trop jeune pour régner, on nomme un régent pour le faire à sa place jusqu'à ce qu'il soit assez grand. Vous savez que notre bon roi Henri le quatrième est mort il y a deux ans alors que son fils Louis n'avait que neuf ans. Il est aussitôt devenu Louis le treizième et sa mère, la reine Marie de Médicis, est devenue régente.

– Sa propre mère, c'est merveilleux ! Elle va bien gouverner la France pour lui.

Le comte souffla de dépit.

– C'est-ce que nous croyions. Malheureusement, elle se laisse influencer et s'est entourée de coquins qui ne songent qu'à s'enrichir en appauvrissant le royaume et en affamant le peuple. Ce brigand de Concino Concini, le plus retors de tous, a réussi à se faire nommer Premier ministre.

– Et Sa Majesté les laisse faire ?

– On est une bien petite chose à dix ans, soupira le comte.

– À qui le dites-vous !

– Louis ne sait rien des intrigues qui se trament dans son dos. Pour le moment, il apprend son métier de roi, mais la route sera encore longue avant qu'il puisse gouverner. Un jour, quand il deviendra le maître de tout et de tous, châtiera-t-il peut-être ces mauvais serviteurs du royaume. En attendant, ce sont les opposants à la misérable politique de Concini qui sont châtiés.

– Monsieur de la Tour-Guingois se cache donc de ses ennemis.

– Et quels ennemis ! Qui ont le pouvoir de fermer les frontières et de lancer des armées entières à sa poursuite.

– Contre vous aussi, père, Concini enverra une armée ?

– N'ayez aucune crainte. Personne ne sait ma part dans cette affaire.

– Mai si quelqu'un découvre la cachette de la Tour-Guingois et vous dénonce ?

– Aucun danger, je vous l'assure.

– Je l'ai bien découverte, moi.

– Parce que vous avez poussé la témérité jusqu'à braver la tour maudite à la recherche de l'infortunée Fauvette, mais en dehors de vous, personne dans le pays n'osera s'en approcher.

– Voilà pourquoi vous laissez courir ces histoires de démon et de malédiction, comprit Delphine. Voilà pourquoi vous ne détruisez pas la tour ! Et moi qui vous plaignais, croyant que vous en aviez peur.

– Vous me plaigniez ou vous aviez honte de moi ? s'amusa le comte.

– Pardon, père. Il est malgré tout insupportable de savoir que c'est ce que d'autres croient.

– Mieux vaut qu'ils me croient lâche, déclara le comte. Ainsi, ils sont à mille lieues d'imaginer qu'il m'arrive d'aider quelques malheureux, dont le seul crime est de lutter pour la justice et la liberté, à fuir leurs bourreaux.

– La Tour-Guingois m'a appris qu'il s'en irait bientôt, se souvint Delphine. Je tremble à l'idée de le savoir seul sur les chemins, traqué comme un renard, ne pouvant se confier à personne, risquer sa vie pour passer la frontière. Je ne vais plus en dormir.

– Ne tremblez plus et dormez sur vos deux oreilles, dit le comte en l'embrassant. Car là où il va, point de frontière et nul ne pourra jamais le retrouver, je vous en réponds.

– Et où va-t-il ?

Le comte prit un air de complot et murmura :

– Dès qu'il repartira pour les Amériques, le *Colombo* aura un nouveau marin à son bord…

Chapitre 14
Le cousin du roi

Pendant les trois jours qui suivirent, Delphine parut sur un petit nuage. Gabrielle et la comtesse mettaient son air de béatitude sur le compte de son anniversaire prochain, mais le comte savait que c'était parce qu'elle partageait dorénavant son secret. Sous prétexte de promenades à cheval, ils avaient plusieurs fois rendu visite à la Tour-Guingois sans que personne ne devine le but de leurs sorties. Delphine avait l'impression de participer à une formidable entreprise plus importante que sa vie, plus importante en tout cas que les enseignements soporifiques de madame de Revêche et les jeux de poupées de Gabrielle. Delphine luttait désormais pour la justice et la liberté, comme la Tour-Guingois et comme son père. Que les grands élans tragiques de la comtesse pour des petites contrariétés imaginaires lui semblaient ridicules à présent ; et si loin des préoccupations de son père qu'elle ne jugea pas nécessaire de lui en parler. Si elle savait, cette pauvre comtesse, s'ils savaient tous combien les tracasseries des gens ordinaires laissaient indifférents ceux qui dans l'ombre, armés de leur seul courage, combattaient l'arbitraire et l'injustice. Comme c'était exaltant !

– Main de chaque côté, pied gauche devant, pied droit derrière, pliez genoux, courbez échine, baissez menton, un, deux, trois, quaaaaaaatre ! La révérence, mademoiselle Delphine, la révérence, gémit monsieur de la Tour-Guindée en la sortant de sa rêverie. Plus le seigneur est de haute noblesse, plus la révérence doit être basse. Non, pas si basse, tout de même, acheva-t-il désespéré en voyant Delphine s'étaler de tout son long sur le tapis sous le rire tonitruant de Gabrielle.

Le premier événement qui vint assombrir la joyeuse humeur de Delphine fut lorsque le comte remit à la Tour-Guingois son contrat d'engagement sur le *Colombo* et un cheval. C'était la veille de son anniversaire.

– Le *Colombo* est à quai. Sitôt déchargé, on le remplira de produits français pour son prochain voyage. Vous voici marin sous le nom de monsieur Christophe. Vous vous présenterez au capitaine. Des instructions l'attendaient à Saint-Malo et il est avisé de votre venue. Bien entendu, ni lui ni aucun membre de son équipage ne connaît votre véritable identité. Serez-vous en mesure de donner le change ?

– Ma foi, j'ai en mon temps navigué sur des navires de guerre et prêté à l'occasion main à la manœuvre.

– À la bonne heure ! Ainsi c'est convenu. Le *Colombo* appareillera dans dix jours, il est plus que temps de vous mettre en route.

– Je partirai cette nuit même, approuva la Tour-Guingois. N'avez-vous pas l'impression que notre petite Delphine se tient singulièrement coite ?

– Il est vrai que d'ordinaire nous avons bien du mal à la faire taire, sourit le comte. Eh, alors, Delphine ? Pourquoi ce silence et cette mine chagrine ? À vous voir si penaude, on ne dirait pas que vous allez fêter votre onzième anniversaire demain.

– C'est le chagrin que j'ai de voir monsieur de la Tour-Guingois nous quitter, mon père, avoua Delphine en retenant ses larmes dans un effort méritoire.

– Allons, vous saviez que ce jour viendrait, répondit la Tour-Guingois avec douceur. Je vous l'avais dit à notre première rencontre, souvenez-vous. Soyez certaine que si je le pouvais je resterais près de vous pour toujours, malheureusement, je ne saurais demeurer dans ce royaume, il y va de ma vie.

– Hélas, soupira Delphine. Ne pouvez-vous à tout le moins rester jusqu'à demain ? Mon anniversaire me semblera si triste sans vous.

– Risquer de tout compromettre pour assister à une fête, s'emporta le comte, mais vous n'y songez pas, Delphine !

Et comment présenter un inconnu au château sans éveiller les soupçons ?

– Monsieur votre père a raison, Delphine, appuya la Tour-Guingois. Cependant si je dois décliner votre charmante invitation la mort dans l'âme, il ne sera pas dit que j'aurai manqué à tous mes devoirs. Je sais que c'est bien peu de chose, mais je vous prie d'accepter ce modeste présent en gage de notre amitié et en souvenir de moi.

Et il lui donna sa dague.

– Je ne puis, monsieur ! se récria Delphine. Il vous vient de famille, c'est tout ce que vous possédez.

– Je n'ai plus de famille, plus de nom, plus de patrie, répondit la Tour-Guingois avec gravité. À quoi bon conserver un objet qui me rappellera sans cesse tout ce que j'ai perdu ? Non, fillette, garde-la, c'est une brave dague qui te servira fidèlement dans tes expéditions à travers les bois.

De grosses larmes coulèrent sur ses joues et Delphine ne put retenir les siennes. Elle se jeta dans ses bras en sanglotant.

Après l'avoir longuement étreint, Delphine se reprit, sécha ses larmes et ouvrit la bourse qu'elle portait au côté.

– Vous devez accepter ce louis d'or, dit-elle pour respecter la tradition. De cette façon, notre amitié ne sera jamais coupée.

– Il m'accompagnera jusqu'à la tombe, dit la Tour-Guingois en le serrant dans son poing.

La cloche du château sonna dans le lointain.

– C'est l'heure du souper, dit le comte. Nous devons y aller.

L'instant fut grave et solennel.

– Monsieur de Renvers, comment vous remercier de toutes vos bontés ? demanda la Tour-Guingois en lui serrant la main pour la dernière fois.

– En restant en vie, mon ami, répondit le comte. En restant en vie.

Quand elle s'éveilla le lendemain matin, Delphine se sentit toute vide à l'intérieur. Le bon vieux visage barbu et bourru de la Tour-Guingois avait peuplé ses rêves agités et elle le revoyait dès qu'elle fermait les yeux. Elle se posait des questions. Où était-il à cette heure ? Son père l'avait un jour emmenée voir le *Colombo* à Saint-Malo. Cela leur avait pris la journée en carrosse. Mais un cheval allait beaucoup plus vite qu'un carrosse. La Tour-Guingois était-il hors de danger, déjà tranquillement installé à bord, ou bien – Delphine tressaillit à cette pensée – avait-il rencontré des gens d'armes sur sa route ? Et puis… Oh, les bijoux qu'elle lui avait confiés ! Avec toutes ces émotions, elle les avait oubliés. Saurait-elle retrouver leur cachette dans la tour maudite ? Elle n'eut pas le temps de réfléchir longtemps à tout cela cependant, la porte s'ouvrit brusquement à la volée et Gabrielle surgit en agitant les bras.

– Bon anniversaire ! hurla-t-elle. Voici mon cadeau : je viens m'occuper de toi à la place de Germaine. Je vais t'habiller et te coiffer, puis nous descendrons saluer nos parents et accueillir nos invités.

– Merci, ma sœur, je n'aurais pu espérer plus beau cadeau venant de toi, répondit Delphine avec un sourire d'appréhension qui se transforma en véritable grimace de douleur sous les tiraillements et les coups de brosse de Gabrielle.

Ce fut le deuxième événement qui vint assombrir sa joyeuse humeur, mais le troisième devait avoir lieu la nuit suivante et, celui-là, Delphine ne devait jamais l'oublier.

Comme chaque année, Delphine dut recevoir ses invités sur le perron. D'habitude elle considérait cette obligation comme une corvée, mais avec Gabrielle à ses côtés, les commentaires allaient bon train et la corvée se transforma vite en partie de rires. À plusieurs reprises, le comte et la comtesse leur lancèrent de sévères regards quand elles s'esclaffaient devant une énorme baronne aux joues peinturlurées de rose et croulant sous une montagne de bijoux extravagants, ou un vieux duc qui ressemblait à monsieur de la Tour-Guindée. Elles furent très impressionnées en revanche quand un grand seigneur de la cour, cousin du roi, descendit d'un magnifique carrosse tiré par six chevaux blancs. Peut-être allait-il leur raconter des choses passionnantes sur Louis XIII, les jeux que celui-ci préférait et s'il avait déjà goûté du chocolat…

– Je vais lui en donner un gros sac qu'il portera au roi, chuchota Gabrielle. De la sorte, Sa Majesté se souviendra toujours que c'est moi qui fus la première à lui en offrir.

– Père, le cousin du roi n'assiste pas à l'anniversaire de Sa Majesté ? s'étonna Delphine en se souvenant que Louis fêtait lui aussi ses onze ans ce jour-là.

– La fête du roi dure toute la semaine, expliqua le comte. Et il reçoit un si grand nombre d'invités qu'ils ne peuvent pas tous venir en même temps. Monsieur le baron de Malingreux, qui est un cousin au quatrième degré, devra patienter plusieurs jours. En attendant, votre mère a songé que ce serait instructif pour vous de rencontrer un personnage de si haut lignage.

– Un des plus riches de la cour, souligna la comtesse.

– Deux gros sacs, rectifia Gabrielle les yeux brillants d'envie.

Delphine observa son père pour voir comment il accueillait le cousin du roi. D'après la comtesse, cet homme avait quarante ans, mais il en paraissait dix de plus dans son costume noir et austère et sa grosse fraise démodée. Il s'appuyait sur une canne et était doté d'une rare laideur avec ses jambes toutes maigres et tordues, ses cheveux graisseux, ses oreilles en feuilles de choux et son gros nez en forme de pruneau. Delphine espérait deviner s'il était de ceux qui soutenaient Concino Concini ou s'il le combattait. Mais le comte fut aussi cordial et amical avec lui qu'avec les autres invités et personne n'aurait été capable de dire s'ils étaient amis ou adversaires.

Un somptueux repas de gibiers et de tourtes fut servi dans le grand salon, accompagné de vin de Champagne. La comtesse avait pris soin de placer le baron de Malingreux juste à côté de

Gabrielle et le pauvre dut subir son ennuyeuse conversation apprise auprès de madame de Revêche. Elle se tut cependant quand l'heure du dessert arriva et son visage prit une légère teinte pourpre quand les serviteurs posèrent devant Delphine un énorme gâteau au chocolat d'une couleur marron pas très ragoûtante. Gabrielle n'oubliait pas que c'est elle qui en avait eu l'idée, et si le gâteau ne plaisait pas à monsieur le baron de Malingreux, c'en serait fini de ses espérances d'être un jour acceptée à la cour. Elle n'avait soudainement plus faim ni soif. Mais comme tous les autres invités, Malingreux fut émerveillé par le résultat. Il goûta prudemment un tout petit morceau de gâteau sous le regard anxieux de Gabrielle… un grand sourire édenté apparut sur son visage ridé et il engloutit le gâteau goulûment en répandant des miettes sur sa fraise.

– À la cour, nous avons déjà bu du chocolat, cela s'entend, dit-il en se rengorgeant.

Les épaules de Gabrielle s'affaissèrent. Le roi connaissait le chocolat, c'était une catastrophe.

– Mais cette trouvaille d'en faire des gâteaux est tout simplement admirable ! ajouta Malingreux, et Gabrielle se dit que tout n'était peut-être pas perdu.

– C'est une trouvaille de ma fille Gabrielle, monseigneur, s'empressa de préciser la comtesse.

– Mademoiselle, je ne manquerai pas de faire connaître au roi cet extraordinaire dessert, et si vous êtes assez aimable pour m'en révéler la recette, je suis bien certain que Sa Majesté sera enchantée d'y goûter, s'extasia-t-il la bouche pleine.

Gabrielle sentit son cœur faire des bonds dans sa poitrine.

– Votre fortune est faite, lui glissa la comtesse dans le creux de l'oreille.

– Mon cher Renvers, ajouta Malingreux en postillonnant des miettes de gâteau à la ronde, je vais insister auprès de mon grand ami le Premier ministre Concino Concini, pour qu'il vous fasse fournisseur officiel en chocolat de la cour. Qu'en dites-vous ?

Toute la pièce s'emplit d'un formidable *hoooo !* d'admiration et de jalousie mélangées.

Delphine ouvrit des yeux ronds. Le Premier ministre Concino Concini ! Son père allait-il accepter de faire affaire avec lui et ses amis ?

– J'en dis, monseigneur, que vous feriez de moi l'homme le plus comblé de la terre, répondit le comte en inclinant la tête. Il faut cependant y réfléchir. Mon navire le *Colombo* est peut-être trop petit pour un si grand honneur.

Delphine cacha vite son sourire dans sa serviette.

– Quelle mouche vous pique, Hervé ? grommela la comtesse entre ses dents dès que Malingreux sauta sur une nouvelle part de gâteau. Vous tourneriez le dos à cette fortune, à cette gloire ? C'est la cour, le Louvre qui nous réclament, mon ami, et demain la France, l'Europe, le monde.

– Renvers me suffit, sourit le comte, je n'ai pas besoin du Louvre et encore moins du monde. Le *Colombo* ne saurait suffire à fournir autant de chocolat, de toute façon.

– Si le *Colombo* est trop petit, nous achèterons un autre navire, deux, trois autres s'il le faut, et voilà tout.

– Avec quel argent ?

– Avec l'argent que nous emprunterons, évidemment.

– Je n'aime pas les dettes. Et si la cour n'apprécie plus le chocolat ? Sans oublier qu'un navire peut rencontrer des pirates ou couler en chemin.

– Vous refuseriez à vos filles l'avenir qui s'offre à elles ?

– Quel avenir ? s'étonna le comte. Ce n'est pas parce que monsieur le cousin au quatrième degré du roi a mangé une part de gâteau que leur avenir est assuré, voyons. Jeanne, ma chère, ne nous emballons pas. Je vous demande de me faire confiance et de me laisser mener mes affaires comme je l'entends. Vous n'avez pas eu à vous en plaindre jusqu'à présent, il me semble.

– Mais la cour, le roi, le Louv…

– Pour l'heure je ne veux qu'offrir ses cadeaux à Delphine.

– Et Gabrielle ?

– Elle fut plus que gâtée pour son propre anniversaire, lui rappela le comte. Et c'est celui de Delphine, aujourd'hui.

La comtesse aurait bien voulu répondre, mais le comte se leva et annonça qu'il était grand temps de passer aux choses sérieuses, à savoir l'ouverture des cadeaux. Tout le monde, Delphine en tête, salua cette déclaration par des applaudissements nourris.

Les paquets rapportés de Paris avaient été disposés devant la cheminée. Fébrile, Delphine les défit un par un sous le regard curieux de ses invités. Dans le premier, elle trouva une magnifique robe bleu et blanc dessinée pour ressembler à un uniforme de la garde royale, dans le deuxième un feutre assorti orné d'une énorme plume, dans le troisième, une cape et des bottes. Delphine s'enveloppa dans la cape, empoigna le feutre, avec lequel elle salua l'assemblée en moulinant l'air, sous le regard attendri des vieilles duchesses. Monsieur de la Tour-Guindée crut défaillir de honte et le baron de Malingreux prédit à Delphine une future carrière au service de Sa Majesté. Tout le monde éclata de rire.

– Tu auras l'air d'un garçon, affublée de la sorte, commenta Gabrielle maussade.

Delphine aurait bien aimé trouver une épée dans le quatrième paquet, mais sa forme ressemblait plus à …

– Une selle ! s'extasia Delphine ravie, car ce n'était pas une selle d'amazone.

– Un garçon aux jambes toutes tordues, commenta tout bas Gabrielle de peur que Malingreux l'entende.

– Vous pourrez récupérer la vôtre, madame ma mère, dit Delphine, et la comtesse fit un effort considérable pour cacher sa colère.

Ce n'était pas tout. Les autres paquets contenaient les nouveaux livres édités, les derniers jeux de société à la mode, une sublime poupée de porcelaine habillée comme une princesse pour remplacer la malheureuse Sophie, avec sa dînette et une garde-robe complète. Gabrielle serra les poings, et si la comtesse ne l'avait pas discrètement retenue, elle serait partie en courant quand Delphine ouvrit le dernier paquet, qui contenait deux ferrets de diamants.

Chapitre 15
L'incendie

Prise dans ce tourbillon de cadeaux et de joie, Delphine avait un peu oublié la Tour-Guingois. Quand la nuit commença à tomber et que les derniers invités furent partis, il reprit sa place dans ses pensées.

– Avant de monter me coucher, puis-je aller voir mon père dans son bureau, madame ? demanda-t-elle après le souper, auquel le comte n'avait pas assisté. Avec tous ces événements, je n'ai pas eu le temps de le remercier pour tous ces merveilleux présents, ni vous non plus d'ailleurs. Grand merci pour ce merveilleux anniversaire, pour la selle, la robe, la poupée et tout le reste, madame ma mère, ajouta-t-elle dans une parfaite révérence.

– Il est dommage que monsieur de la Tour-Guindée ne puisse vous voir à cet instant, fit remarquer la comtesse. Allez, je ferai dire à Germaine qu'elle ne vous attende pas.

Lorsque Delphine entra dans le bureau de son père, elle le trouva attablé. L'air soucieux, il lisait un parchemin. La pièce éclairée par des flambeaux avait quelque chose de surnaturel.

– Ne me dites pas que ce sont de mauvaises nouvelles, père, s'inquiéta Delphine. La Tour-Guingois ?

– Non, cela n'a rien à voir avec notre ami, rassurez-vous. Aucun bruit le concernant ne nous est parvenu, c'est bon signe. À l'heure qu'il est, nous pouvons être sûrs que monsieur Christophe a pris son premier quart à bord du *Colombo*.

Delphine poussa un ouf de soulagement et se laissa tomber dans un fauteuil.

– Savez-vous ce qu'est cela ? interrogea le comte en lui montrant le parchemin. C'est un contrat qu'a tenu à écrire le baron de Malingreux pas plus tard que cet après-midi. Il propose de s'engager à part égale avec moi pour le chocolat.

– Il a flairé la bonne affaire, sourit Delphine. Mais vous n'allez pas signer avec ce suppôt de Concini.

Le comte la dévisagea, époustouflé.

– Corbacque ! Mieux vaut vous avoir comme amie que comme ennemie, vous apprenez vite !

Delphine rougit de plaisir sous le compliment.

– Que ne lui avez-vous signifié votre refus dès aujourd'hui ? s'étonna-t-elle.

– N'allez pas trop vite cependant, dit le comte avec un demi-sourire. Refuser la main que vous tend le cousin du roi, fût-il au quatrième degré, est une chose délicate. Voilà qui peut mener à la Bastille.

– La disgrâce ? s'exclama Delphine en se redressant.

– La disgrâce, la confiscation de ses biens, la condamnation, bref la perte de tout.

– Vous croyez que Malingreux irait jusque-là ?

– Ah, maudit, maudit soit le chocolat ! s'écria le comte en levant les bras au ciel. J'aurais été mieux avisé de faire commerce de pommes de terre. Avec elles, nous aurions eu la paix ! Elles sont si laides que personne de ce côté-ci de l'Atlantique ne voudra jamais en manger !

– Qu'allez-vous faire ?

– Il est hors de question de signer cet infâme accord dans tous les cas, répondit le comte avec une pointe de défi dans la voix. Non, jamais je ne me mettrai du côté de Concini. Nous devons avant tout gagner du temps.

Delphine apprécia particulièrement le « nous ».

– Le *Colombo* lève l'ancre dans dix jours et, sans nouvel ordre, le capitaine ne saura pas qu'il faut désormais ne rapporter que du chocolat, continua le comte. Les projets de Malingreux devront patienter jusqu'au voyage prochain, soit trois mois et demi. Et en trois mois et demi, je me fais fort de le détourner de son idée d'alliance. Dieu sait que ces nobles de la cour se lassent vite de leurs nouveaux joujoux. Dix jours, nous devons tenir dix jours.

– Nous tiendrons, père, dit Delphine avec détermination.

Elle prit un ton désolé et ajouta :

– C'est grand dommage, monsieur le baron, mais mon père le comte ne saurait vous recevoir. Il a les oreillons et doit garder le lit quatre jours, ordre formel du médecin... Oh, vous veniez voir mon père ? Il vient juste de partir pour Paris. Comment, vous ne l'avez pas croisé en chemin ? C'est normal, il a pris la route qui fait le détour par Caen où il a un litige à régler. Si seulement je pouvais me rappeler le nom de l'auberge où il logera...

– Voilà qui est très bien pensé, Delphine, la félicita le comte. Quelques excuses et deux ou trois empêchements, c'est tout ce dont nous avons besoin. Bravo ! Pauvre Jeanne, ajouta-t-il en secouant la tête. Elle devra trouver une autre façon d'introduire Gabrielle à la cour. Vous, bien entendu...

– Moi je resterai toujours à Renvers avec vous, père, répondit Delphine plus déterminée que jamais.

Et le comte déposa un tendre baiser sur son front.

Aucun d'eux ne pouvait imaginer à cet instant qu'ils vivaient leur dernière nuit à Renvers.

Une fois seule dans sa chambre, Delphine n'eut pas du tout envie de dormir. Avec le départ de la Tour-Guingois, elle avait cru que sa carrière de conspiratrice était terminée, et voilà qu'une nouvelle intrigue lui donnait l'occasion de la relancer. Pour berner un adversaire de la trempe de Malingreux, il fallait cependant faire preuve de sang-froid et ne pas bafouiller dans ses mensonges. Elle décida de s'entraîner tout de suite devant sa glace.

– Qui sait si le cousin de Sa Majesté ne va pas revenir dès demain, se dit-elle tout haut.

Pour plus de réalisme, elle s'habilla de sa robe d'anniversaire et empoigna sa dague qu'elle cachait sous son lit, en s'imaginant affrontant Concino Concini en personne tandis que le petit roi Louis se réfugiait tout tremblant derrière elle.

Elle fut réveillée par la cloche d'alerte et des cavalcades dans les couloirs. Elle ne s'était pas rendu compte qu'elle était tombée endormie tout habillée sur le couvre-lit. Une odeur de brûlé flottait dans l'air. Delphine se précipita à sa fenêtre et écarta les rideaux. Alors un spectacle à la fois terrifiant et fascinant s'offrit à ses yeux. L'aile droite du château était en feu. De grandes flammes rouge et jaune s'élevaient vers le ciel étoilé. On aurait dit qu'un monstre sorti des enfers essayait d'engloutir cette partie du bâtiment, qui par chance ne comportait pas de chambres. Personne ne risquait de mourir dans son sommeil. Delphine aperçut les serviteurs ainsi que son père dans la cour. L'un d'eux tirait désespérément sur la corde du puits tandis que les autres formaient une chaîne. Elle prit sa dague, qui pourrait lui servir, et alla ouvrir sa porte, mais celle-ci refusa de lui obéir.

– Fermée ! s'écria Delphine en sentant son cœur s'arrêter.

Pourtant elle ne fermait jamais sa porte à clé ! Que s'était-il passé ? Il était inutile cependant de chercher une explication logique à ce fait extraordinaire pour l'instant. Elle chercha la clé partout et ne la trouva nulle part. Elle s'escrima pendant deux minutes contre la porte, essayant de crocheter la serrure avec la dague ou donnant de grands coups d'épaule dedans, en vain. Elle tenta d'appeler à l'aide par la fenêtre, mais le vacarme de l'incendie, qui commençait à gagner les autres bâtiments, couvrait sa voix et tout en bas dans la cour personne ne l'entendait.

Il n'y avait plus qu'une solution. Elle devait descendre par le mur en priant pour que le vent ne rabatte pas les flammes vers elle. Elle avait déjà une jambe à l'extérieur quand de violents coups tambourinèrent contre la porte. Quelqu'un venait à son secours. Le cœur de Delphine se gonfla d'espoir quand elle vit la lame d'une hache fendre la porte de bas en haut. Encore un dernier effort et elle était sauvée. La porte céda enfin. Delphine se précipita pour embrasser son sauveur mais se figea sur place quand elle le découvrit.

– Fauvette !

C'était bien Fauvette. À peine visible dans la lueur rougeâtre de l'incendie, couverte de cendres et décoiffée par l'effort qu'elle venait de fournir, mais Delphine l'aurait reconnue entre mille.

– Dépêche-toi, Delphine ! hurla-t-elle d'un ton impératif. Le feu arrive par ici.

– Fauvette ! répéta Delphine, incapable du moindre mouvement tant la surprise l'avait saisie. Fauvette ! Mais comment ? Où ? Par quel miracle ?

– Plus tard les explications. Il n'est plus temps que de fuir, crois-moi. Vite !

Et comme Delphine ne bougeait toujours pas, Fauvette lui attrapa la main et la tira de toutes ses forces.

– Gabrielle, la comtesse, dit Delphine en apercevant de la fumée s'insinuer sournoisement sous les portes des autres chambres.

– Elles sont à l'abri, rassure-toi, lui apprit Fauvette. Je les ai vues s'enfuir avec Germaine. Tout le monde est sain et sauf. Il ne restait que toi à l'intérieur.

– Elles se sont toutes enfuies sans moi ? s'indigna Delphine. Elles m'ont oubliée ?

– Je l'espérais bien, dit Fauvette en dévalant le grand escalier.

– Comment ? Tu espérais qu'on m'oublierait ?

– L'autre explication était qu'il n'y avait plus rien à faire pour toi parce que tu étais déjà morte.

À cet instant, le feu attaquait sérieusement le premier étage. Un grand craquement retentit soudain juste au-dessus de leur tête et un énorme lustre de l'escalier se détacha du plafond.

– Gaaaaaaaaaare !

Delphine poussa Fauvette et toutes deux roulèrent jusque dans le hall d'entrée, évitant de justesse de finir écrasées.

– Tu m'as sauvé la vie, dit Fauvette en reprenant son souffle.

– Nous sommes quittes, répondit Delphine.

Elles auraient bien aimé se serrer dans les bras l'une l'autre, mais l'heure n'était pas aux effusions. Elles se précipitèrent dans la cour.

– Père, me voici ! cria Delphine en prenant place à côté de lui dans la chaîne humaine. Fauvette est là aussi, qui m'a sauvé la vie.

– Que signifie ? J'avais pourtant bien commandé à Jeanne de vous mettre à l'abri, vous et Gabrielle. Courez la rejoindre, je vous l'ordonne.

– Mais père !

– Courez, je vous l'ordonne !

Delphine dut obéir. Elle et Fauvette gagnèrent un petit bois derrière les écuries. Le feu n'était pas arrivé jusque-là. Delphine vit une autre chaîne humaine qui allait de la rivière jusqu'au château. Mais tous ces hommes et ces femmes qui s'agitaient avec leurs seaux minuscules semblaient bien impuissants face à la taille de l'incendie. C'était comme si des fourmis combattaient un géant de flammes.

– C'en est fini de Renvers, dit Delphine en contemplant ce désolant spectacle.

Elle s'assit au pied d'un chêne à côté de Fauvette. Toutes deux restèrent prostrées pendant un long moment.

– Où étais-tu passée depuis tout ce temps ? demanda soudain Delphine.

– De-ci, de-là, un jour dans la grange, l'autre cachée dans le cellier ou dans un arbre.

– Comment t'es-tu nourrie ?

– Tu oublies que j'ai grandi ici moi aussi. Je connais tous les passages, tous les recoins qui mènent aux cuisines.

– C'est toi que j'ai entendue l'autre nuit dans la cuisine, alors ! C'est toi qui as ouvert la cage à fromages.

Fauvette acquiesça.

– Je t'ai cherchée partout pendant des semaines, reprit Delphine.

– Je sais. Il n'a pas été facile de t'éviter.

– Tu veux dire que tu m'as vue te chercher et que tu t'es cachée ? Pourquoi ?

– Après ce qui est arrivé à ma mère, je savais que tu ne pourrais pas me sauver, expliqua Fauvette. Oh, ce n'est pas ta faute, je ne t'en veux pas du tout, mais la comtesse était trop forte, Delphine, trop forte pour nous. Elle avait décidé de nous détruire et rien ni personne ne…

– Non, ne dis pas cela ! l'interrompit Delphine avec force. C'est l'épouse de mon père, elle est comme une seconde mère pour moi. Elle a soupçonné ta mère à tort, c'est vrai, mais de là à lui prêter je ne sais quel dessein criminel ! Je suis certaine que si tu avais pu t'expliquer, si tu ne t'étais pas enfuie comme un bandit, tout se serait arrangé. Mais tu les as détestées, elle et Gabrielle, dès le premier jour, j'ai raison, n'est-ce pas ?

– Ouvre les yeux, Delphine ! Ce sont elles qui me détestent, qui te détestent, qui nous détestent tous ! Va savoir si ce n'est pas Gabrielle, jalouse de notre amitié, qui a volé la goutte de sang pour faire accuser maman.

– La goutte de sang ! s'exclama Delphine en portant sa main à son cou. Je l'ai oubliée.

– Nous retournerons la chercher, dit Fauvette. Au moins, cette fois, personne n'ira la voler.

– Encore tes accusations infondées, dit Delphine agacée.

– Tu as entendu monsieur le comte : « J'avais pourtant bien commandé à Jeanne de vous mettre à l'abri, vous et Gabrielle. » Pourquoi ne l'a-t-elle pas fait ?

– Elle… elle aura paniqué… elle n'aura pas eu le temps… bredouilla Delphine.

– Ta chambre est juste en face de celle de Gabrielle, voyons. Il lui suffisait d'ouvrir ta porte et de t'appeler. Et au lieu de cela, qu'a-t-elle fait ? Elle a pris sa fille et elles se sont enfuies comme des lâches en te laissant toute seule. Plus j'y réfléchis, d'ailleurs, plus je me demande si ta seconde mère n'aurait pas donné un tour de clé dans ta serrure, conclut-elle d'un air horrifié qui n'avait rien à envier à celui de Delphine.

– Ce sont de graves accusations que tu portes là, dit Delphine d'une voix blanche. Vouloir ma mort, dans quel intérêt ?

– Celui de Gabrielle, pardi !

– Sottises ! Qu'a à voir Gabrielle dans les machinations de sa mère ?

– Réfléchis un instant. Elle n'est pas la fille du comte et ne peut prétendre qu'à des miettes, mais si tu disparais, alors elle devient la seule et unique héritière de la fortune des Renvers.

Les yeux de Delphine s'emplirent de chaudes larmes.

– C'est monstrueux ce que tu dis là. Je refuse d'y croire. La comtesse m'aime comme sa fille. Regarde cette robe, c'est elle qui me l'a offerte lors d'une somptueuse fête donnée pour mon anniversaire, où les plus grands seigneurs du royaume étaient invités. Tu n'en porteras jamais de pareilles.

– Et toi plus jamais non plus, car si elle a décidé de t'éliminer, rien ne pourra l'en empêcher. J'en sais quelque chose. Qu'est-ce qu'une robe, qu'est-ce qu'une fête au regard de l'héritage des Renvers ? Ne vois-tu donc pas que tout cela fait partie de son plan ?

La voix de la comtesse résonna douloureusement dans la tête de Delphine : « Dès qu'elle est en âge de penser, une femme fait des plans afin d'obtenir ce qu'elle veut. »

– Non, elle nous donnera sûrement une explication.

– Comme de coutume.

– Tais-toi.

– Delphine.

– Tais-toi !

– Non, regarde les écuries !

Une partie du château venait de s'effondrer et le feu avait sauté sur le toit des écuries. Les cris déchirants des chevaux ne tardèrent pas à se faire entendre.

– Général ! hurla Delphine en voulant se précipiter.

– Non, c'est trop dangereux, cria Fauvette en essayant de la retenir. Monsieur le comte t'a bien ordonné de rester à l'abri.

– Je ne peux sans réagir laisser Général et les autres pauvres bêtes mourir, laisse-moi !

Voyant qu'elle ne pourrait pas l'arrêter, Fauvette capitula.

– Très bien. Va aider les chevaux, moi, j'irai chercher la goutte de sang.

– Merci, répondit Delphine en l'embrassant. Mais ne risque pas ta vie pour elle. Je ne voudrais pas perdre ma meilleure amie pour un rubis.

– Ne t'inquiète pas, après tout ce qui m'est arrivé cette année, ce n'est pas un petit feu de rien du tout qui aura raison de moi ! cria Fauvette en s'élançant bravement vers le château.

Delphine courut aux écuries. Des palefreniers étaient déjà là. Ils tentaient d'entrer pour aller ouvrir les barrières des stalles qui emprisonnaient les chevaux, mais des flammes gigantesques leur barraient le passage. Ils furent abasourdis de voir Delphine surgir tout à coup de derrière le bâtiment.

– Par ici ! leur cria-t-elle. Une lucarne, on peut passer !

Elle-même commença à grimper jusqu'à la lucarne quand quelqu'un la tira dans le dos.

– Arrière, jeune fille, dit la voix du comte.

– Père ! Ferval, Général et tous les autres…

– N'ayez crainte, je vais les sauver. À moi, vous autres, à moi !

Quatre palefreniers le suivirent dans les écuries. Delphine contourna le bâtiment et se joignit à la chaîne qui tentait d'éteindre le feu de l'entrée. Soudain le premier cheval surgit d'entre les flammes. Ce n'était ni Général ni Ferval, mais cela remit du baume au cœur de chacun et tous redoublèrent d'efforts. Un autre cheval à moitié fou apparut, puis un autre et encore un autre, puis tout un troupeau, ruant, sautant, se cabrant, hennissant d'épouvante, mais sains et saufs. Delphine sourit, soulagée. C'était sûr à présent, le comte et les quatre braves palefreniers allaient tous les sauver. Ferval surgit enfin, deux palefreniers le suivaient couverts de suies. L'un d'eux suffoquait et l'autre s'écroula, à demi mort.

– Mon père ? demanda Delphine en se jetant sur lui. Où est mon père ?

– Il… il essaye de sauver votre… votre cheval, mademoiselle, il ne reste que lui, bredouilla l'homme avant de s'évanouir.

Toute l'écurie n'était plus qu'un gigantesque brasier à présent. L'eau des seaux s'évaporait avant même de l'effleurer. Il ne fallait plus songer à pouvoir sortir par la lucarne. Delphine leva les yeux vers l'entrée en essayant d'apercevoir une silhouette, n'importe quoi qui lui aurait permis d'espérer. Soudain un formidable hennissement retentit et Général jaillit, la crinière en flamme comme un démon. Quelques seaux d'eau lui furent jetés qui l'enveloppèrent dans un nuage tout blanc. Le cœur de Delphine se mit à battre comme jamais. Le palefrenier avait dit que Général était le dernier cheval. Qu'attendait son père pour sortir ? De longues secondes angoissantes s'égrainèrent. Soudain elle l'aperçut au milieu du brasier. Avec les deux palefreniers restés à ses côtés, il essayait d'éviter les flammes en se protégeant le visage de ses bras. L'un des palefreniers tenta sa chance. Il avait presque franchi les flammes et on le crut sauvé, mais au dernier moment, le feu l'agrippa traîtreusement et il s'enflamma comme une torche. On lui jeta de l'eau et comme Général il se transforma en gros nuage de vapeur. Hélas, il était trop tard, le feu l'avait déjà dévoré.

Puis, tout se passa au ralenti, comme si le temps s'était suspendu. Le comte aperçut Delphine et leurs regards se croisèrent. Elle lut dans le sien tout l'amour qu'il lui portait et elle reconnut cet air tragique qu'elle avait vu dans les yeux de la Tour-Guingois. C'était un regard d'adieu, le dernier que son père lui adressait, Delphine le sut au plus profond d'elle-même instantanément. Un craquement sinistre déchira la nuit et le toit de l'écurie s'effondra dans un gigantesque embrasement de flammes et d'étincelles…

Épilogue

– Par ici, mère, je l'ai trouvée !

La comtesse de Renvers suivit la voix de sa fille Gabrielle. Elle la rejoignit à l'intérieur du château, ou du moins de ce qu'il en restait après que le feu eut terminé son œuvre funeste. Une pluie fine et salvatrice tombait depuis le petit jour. Au milieu des gravats, des lustres écroulés et des poutres calcinées, quelques cendres rougeoyaient encore. Une odeur de brûlé et de gâchis enveloppait ce spectacle morne et désolé.

– C'est bien elle ? interrogea la comtesse en se penchant sur un corps sans vie au milieu du grand salon en ruine.

– Elle porte cette hideuse robe bleue que son cher papa lui a rapportée de Paris, répondit Gabrielle. Et je reconnais ses cheveux de sauvageonne. Aucun doute, c'est bien Delphine de Renvers ou, plus exactement, feu Delphine de Renvers.

Sa petite plaisanterie la fit hurler de rire.

– Chut, pas si fort, on pourrait nous entendre, dit la comtesse. Nous sommes présentement en deuil, tâchons de surmonter cette épreuve avec dignité, malgré notre chagrin. Je me demande comment elle est arrivée ici. Elle aurait dû mourir calcinée dans sa chambre.

Elle sortit de sa manche la clé de la chambre de Delphine et la jeta dans les décombres.

– Bah, la petite maligne aura réussi à se libérer par quelque ingéniosité de sa façon, devina Gabrielle. Elle avait toujours des idées sournoises. Mais voyez ce gros lustre qui l'a empêchée d'aller plus loin et de raconter à son père que nous l'avons laissée enfermée chez elle. Le brave lustre que voilà, qui l'a méchamment défigurée en plus de l'écraser sous son poids.

– À quoi bon allumer un incendie si celui-ci ne tue pas la personne pour laquelle il a été allumé ? ironisa la comtesse. Enfin, ce « brave lustre », comme vous dites, nous a rendu un fier service et l'incendie ne fut pas inutile, car il nous a débarrassées du père. C'est ce qu'on appelle faire d'une pierre deux coups.

– Je n'aurais jamais cru qu'il périsse d'une manière aussi sotte, dit Gabrielle. Il avait l'air d'un homme plutôt prudent. Quelle mouche l'a piqué pour sauter ainsi dans les flammes ?

– L'imbécile voulait sauver un cheval, si j'en crois les palefreniers. Imaginez-vous cela, mourir pour un stupide canasson.

– Je gage que c'était cet affreux Général, maugréa Gabrielle.

– Remerciez votre pauvre père de Renvers dans ce cas, dit la comtesse d'un air faussement désolé. Et remerciez le cheval qui m'évite la peine d'échafauder un plan laborieux pour nous débarrasser du comte. Après trois maris expédiés les pieds devant, je dois admettre que j'étais un peu à court d'idées. Allons, laissez ce cadavre à présent. Il faut annoncer la terrible nouvelle aux autres. Du courage, Gabrielle !

– Attendez, mère.

Gabrielle glissa une main dans le col de Delphine et en retira la goutte de sang. Puis, elle la passa autour de son cou.

– Je m'étais toujours juré de récupérer cette breloque un jour, dit-elle d'un air satisfait. Elle m'a assez causé d'ennuis comme cela.

– Si vous n'aviez pas fait la sottise de la dérober, elle ne vous aurait pas causé autant d'ennuis, comme vous dites, lui rappela la comtesse. Je vous avais pourtant bien demandé de cesser de voler après la mort de Barrois. Quand il m'a fait part de ses soupçons vous concernant, j'ai su agir promptement en lui donnant une tasse badigeonnée de poison puis remplie de chocolat, mais d'autres que lui auraient pu vous accuser. Voler la goutte de sang était une faute impardonnable.

– J'ai quand même eu l'idée de la cacher sous le matelas de la grosse vache Mirabelle, ce qui nous en a débarrassées. Ainsi que de cette fouine de Fauvette qui a bien failli tout découvrir en fouillant dans mes coffres à bijoux. Moi aussi j'ai su faire d'une pierre deux coups.

– Eh bien je vous pardonne et vous félicite, ma fille, applaudit la comtesse. Cachez cependant la goutte de sang jusqu'après l'enterrement. Ensuite, vous pourrez dire que votre sœur la malheureuse et si regrettée Delphine a fait de vous son héritière.

– Comme vous êtes celle de ce brave comte.

– Naturellement.

– C'est néanmoins dommage d'avoir sacrifié le château, soupira Gabrielle. Le ferez-vous reconstruire ?

– Vivre dans ce trou perdu ? Dieu m'en préserve. Je l'ai assez supporté pendant un an. Non, je vais plutôt acheter des bateaux.

– Des bateaux ? s'étonna Gabrielle. Pourquoi des bateaux ? Je hais les bateaux. Ils bougent sans arrêt et les marins ne sont que des brutes épaisses. Achetons plutôt des robes.

– Ces bateaux-là vous garantiront une nouvelle robe pour chaque jour de votre vie, faites-moi confiance, dit la comtesse d'un air mystérieux. Dès le retour du cimetière, nous partons pour Paris, je signe un contrat avec le baron de Malingreux pour le chocolat et dans six mois tout au plus, nous nous installons au Louvre, à la cour du roi.

– À la cour du roi ! proclama Gabrielle en brandissant un verre à champagne brisé.

Un faible éboulis derrière un lambeau de rideau rouge non loin de là les fit sursauter.

– Fuyons ce lieu maudit avant que tout ne nous tombe sur la tête ! s'écria la comtesse en empoignant Gabrielle.

Un silence de tombeau s'abattit sur le salon. Puis, le morceau de rideau qui tenait encore à sa tringle par on ne sait quel miracle s'écarta lentement. Une petite silhouette aux cheveux ébouriffés apparut alors. Elle étouffa un cri en levant un poing rageur avant de s'enfuir par une porte-fenêtre brisée.

Table des matières

À paraître en septembre 2019

L'HERITAGE DES RENVERS

Isabelle Fabula

Tome 2

FLEURUS

N° d'édition : J19010

Achevé d'imprimer en décembre 2018

Par Rotolito en Italie

Dépôt légal : janvier 2019